Des yeux de chien bleu

Du même auteur aux éditions Grasset

DES FEUILLES DANS LA BOURRASQUE.
PAS DE LETTRE POUR LE COLONEL.
LA MALA HORA.
RÉCIT D'UN NAUFRAGÉ.
L'INCROYABLE ET TRISTE HISTOIRE DE LA CANDIDE ERENDIRA ET DE SA GRAND-MÈRE DIABOLIQUE.
LES FUNÉRAILLES DE LA GRANDE MÉMÉ.
L'AUTOMNE DU PATRIARCHE.
CHRONIQUE D'UNE MORT ANNONCÉE.
L'AMOUR AUX TEMPS DU CHOLÉRA.
LE GÉNÉRAL DANS SON LABYRINTHE.

Gabriel
García Márquez

Des yeux de chien bleu

NOUVELLES

Traduites de l'espagnol (Colombie)
par
ANNIE MORVAN

Bernard Grasset
PARIS

Titre original :
OJOS DE PERRO AZUL

Des yeux de chien bleu/Gabriel García Márquez.

Inédit en France jusqu'alors, le présent recueil rassemble sous le titre Des yeux de chien bleu *onze nouvelles composées entre 1947 et 1955, et qui sont des œuvres de jeunesse de Gabriel García Márquez. On sera d'autant plus frappé par la maîtrise qui s'y manifeste, ainsi que par l'unité d'inspiration.*

Au lieu de se fourvoyer dans l'esthétique vaine d'un quelconque « réalisme magique », on pourrait plus légitimement invoquer le surréalisme, tant l'art du romancier colombien sait puiser au trésor d'images et de fantasmes de son subconscient. Ce surréalisme se rattache moins à quelque école dûment située et datée qu'à une attitude plus générale et, semble-t-il, propre au continent latino-américain qui, incapable de coller à un réel toujours changeant, fuyant et proliférant, sait se hausser – la lévitation est une attitude fréquente chez les personnages marquéziens – au-dessus des turbulences tropicales pour atteindre à la quintessence de l'imaginaire. D'où une relation privilégiée avec l'univers des mythes et des archétypes.

Ainsi ces premiers textes tendent-ils à envisager la mort – ou à la conjurer. Mais comment mieux l'appréhender qu'en la contemplant à l'envers, c'est-à-dire dans le miroir de la vie? Ou plutôt en retournant comme un gant le concept : mort et vie sont une seule et même chose, que distingue seulement la visée ou la perception. Le personnage de « la Troisième Résignation » est un enfant qui continue de grandir dans la mort : le coussinet calant ses pieds dans le cercueil ouvert doit être de plus en plus allégé de laine, et sa barbe devenue hirsute est régulièrement peignée par sa pieuse mère « pour que dans son cercueil il fût présentable ». Et l'auteur de noter malicieusement : « Pour vivre sa mort, il n'avait pas même besoin de respirer. » N'empêche, quelle triste enfance pour celui qui a dû la passer « dans la mort » ! Alors il va devoir mourir pour de bon et ce passage « dans ses propres humeurs » et dans l' « eau visqueuse » de sa décomposition ressemble à s'y méprendre au parcours amniotique de la naissance. Il n'est plus que de se laisser aller, et c'est la résignation – à la vie? à la mort? Tel autre vit en sa chair vive la mort mutilante de son jumeau, une mort qui « avait commencé à couler dans ses os comme un fleuve de cendre ». Il voit, donc, comme en quelque cauchemar, son frère « dans un miroir » tentant de « s'arracher l'œil gauche avec une paire de ciseaux » : ce passage de l'autre côté a des accents clairement bunuéliens. Car les personnages de Márquez évoluent toujours « entre les rivages prodigues des songes et la réalité ». Mais ils peuvent aussi naviguer sur l'échelle infinie du temps : ces deux jumeaux ne sont autres que Jacob et Esaü qui renvoient aux temps mythiques, et la mort est moins dans la tombe du réprouvé que dans les veines poreuses de l'élu chargé de vie. Nous voilà, ainsi, plongés dans « le monde faux et absurde des animaux rationnels ».

Dans la vie lente des rêves, la somnambule qui s'élance du second étage ne recherche que « le goût du sédiment sépulcral ». Dans le miroir où la lumière exécute « un mathématique aller-retour », le jumeau – toujours lui, mais dans un autre récit – qui rase impeccablement fait à son frère une « balafre violacée en travers de la joue ». Un homme qui, au réveil, n'a plus le moindre souvenir rêve chaque soir d'une femme aux « yeux de chien bleu ». Sur les vitres embuées, dans le bois dur des tables, sur l'ombre des murs, et certes, sur tous les miroirs infinis, elle grave « ses grands yeux de cendre brûlante ». García Márquez ne cesse ainsi de nous plonger dans l'onirisme et le vertige spéculaire.

Pourtant le temps bien réel de la vie pèse de tout son poids de sable : cette prostituée qui vient d'exécuter son client au terme d'un long dégoût et d'une interminable humiliation se battra pouce à pouce avec le barman à sa dévotion pour qu'il veuille bien admettre qu'elle était là une demi-heure plus tôt : son alibi. « La femme qui venait à six heures » sera donc arrivée en avance sur son crime.

Au dernier temps des récits, tout s'est définitivement déréglé : « On m'appelle pour assister à la messe de dimanche dernier », s'écrie Isabel en « regardant tomber la pluie sur Macondo ». Le déluge qui transforme le ciel en « une substance gélatineuse et grise » précipite et noie tout cet imaginaire débridé qui regagne, comme l'esprit malin la prison de sa fiole, le ventre d'une femme. Alors celle-ci se sent « métamorphosée en prairie désolée, ensemencée d'algues, de lichens, de champignons suintants et mous, fécondée par la flore répugnante de l'humidité et des ténèbres ». En vérité, l'écrivain est ce ventre fécondé, l'esprit créateur est une matrice. Par le recours subtil au mythe de l'éternel retour, dans une atmosphère de glaise et de glaire, et cette odeur de pourri qui monte de la terre où les corps flottent au-dessus des tombes, Gabriel García Márquez, en voyant inspiré, nous donne ici déjà l'alpha et l'oméga de son total talent.

Albert BENSOUSSAN

La troisième résignation

(1947)

Le bruit était revenu. Ce bruit froid, coupant, vertical, qu'il connaissait si bien et qui à présent s'approchait, plus aigu, plus douloureux, comme si du jour au lendemain il avait perdu l'habitude de l'entendre.

Lancinant et sourd, le bruit bourdonnait dans sa tête vide. Un essaim s'était comme envolé des parois de son crâne, s'élevait en tournoyant, les heurtait de l'intérieur, communiquant à sa colonne vertébrale une vibration intense en désaccord avec les pulsations régulières de son corps. Quelque chose s'était déréglé dans sa mécanique humaine, matérielle et robuste ; quelque chose qui « les autres fois » avait fonctionné normalement et à présent martelait l'intérieur de sa tête à coups secs et durs frappés par les os d'une main décharnée, lui rappelant toutes les sensations amères de la vie. Il ferma les poings en un réflexe animal et, désespéré par la douleur, les écrasa contre ses tempes marbrées de veines bleuâtres et violacées. Il aurait voulu saisir dans ses paumes sensibles le bruit qui perforait l'instant comme la pointe effilée d'un diamant. Ses muscles furent parcourus d'un frisson de félin domestique lorsqu'il s'imagina en train de le traquer jusque dans les recoins tourmentés de sa tête brûlante, dévorée par la fièvre. Il allait l'attraper. Mais non. Le bruit avait une peau huileuse, presque insaisissable. Pourtant, il était décidé, pour le capturer, à user d'une stratégie bien maîtrisée et à le serrer longuement et définitivement de toute la force de son désespoir. Il ne lui permettrait pas d'entrer une nouvelle fois dans son oreille, ni de ressortir par sa bouche ou par aucun de ses pores ou par ses yeux qui, à son passage, jailliraient de leurs orbites, frappés de cécité à l'instant même où le bruit s'évaderait de ces ténèbres déchiquetées. Il ne lui permettrait plus de broyer des débris de verre ni des cristaux de lune contre les parois internes de son crâne. Car ce bruit-là n'en finissait pas, comme celui de la tête d'un enfant qui cogne contre un mur en béton, comme ceux de tous les coups violents assenés sur les corps solides de la nature. Il ne pourrait mettre fin à cette torture qu'en l'isolant et en l'encerclant. Oui, il découperait sa silhouette mouvante, il le saisirait, l'étranglerait et, de toutes ses forces, le jetterait enfin sur le pavé pour le piétiner sauvagement jusqu'à ce qu'il ne bouge plus. Alors, il pourrait dire, entre deux halètements, qu'il avait mis à mort ce bruit qui le torturait et le rendait fou, et maintenant gisait à terre comme n'importe quelle pauvre chose, métamorphosé en cadavre parfait.

Mais il ne parvenait pas à presser sa tête entre ses mains. Ses bras avaient raccourci et ressemblaient à présent à ceux d'un nain : petits, grassouillets, adipeux. Il tenta, avec succès, de secouer la tête. Le bruit revint alors avec une vigueur renouvelée dans son crâne qui avait durci et grandi et s'inclinait, entraîné par les lois de la pesanteur. Comme ce bruit était dur et accablant! Au point que s'il avait pu s'en emparer et l'anéantir il aurait eu l'impression d'effeuiller une marguerite en plomb.

Les « autres fois », il l'avait senti avec la même insistance. Par exemple, le jour de sa première mort, lorsqu'en voyant le cadavre il avait compris que c'était le sien. Après l'avoir examiné, il s'était palpé et s'était découvert intangible, inexistant, hors de l'espace. Il n'était plus qu'une dépouille mortelle ayant surpris le passage de la mort sur son corps jeune et chétif. L'atmosphère s'était alors solidifiée comme si l'on avait rempli la maison de ciment et qu'au milieu de ce bloc – où il avait laissé ses jouets comme lorsque l'air y circulait – on l'avait délicatement déposé dans un cercueil de pierre dure et transparente. Ce jour-là, « le bruit » s'était fait entendre dans sa tête. A l'autre bout du cercueil, ses pieds étaient froids, et on avait placé un coussin parce que la bière était trop grande et qu'il avait fallu ajuster, adapter le cadavre à son nouvel et ultime vêtement. On avait recouvert son corps d'un drap blanc, et noué un foulard sous son menton. Enveloppé dans ce suaire, il se trouvait beau, mortellement beau.

Il était dans son cercueil, prêt à être enterré, et pourtant il savait qu'il n'était pas mort, que s'il avait tenté de se lever, il l'eût fait sans difficultés. « En esprit » du moins. Mais cela n'en valait pas la peine. Il était préférable de se laisser mourir, de mourir de sa maladie, qui s'appelait la mort. Jadis, le médecin avait dit à sa mère, d'un ton cassant :

« Madame, votre enfant est atteint d'une maladie très grave : la mort. Toutefois, nous ferons tout ce qui est en notre pouvoir pour le maintenir en vie après sa mort. Nous ferons en sorte que ses fonctions vitales se poursuivent grâce à un système autonutritionnel complexe. Seuls évolueront les fonctions motrices et les mouvements réflexes.

Nous saurons qu'il est en vie à sa croissance, qui sera normale. Il s'agit simplement d'une " mort vivante ". Une mort authentique, une mort réelle. »

Il se souvenait confusément de ces mots. Peut-être ne les avait-il jamais entendus et n'avaient-ils été qu'une invention de son cerveau quand sa température montait sous les poussées de fièvre typhoïde et qu'il s'abîmait dans le délire. C'était au temps où il lisait l'histoire des pharaons embaumés. La fièvre montait et lui avec elle. C'était alors qu'il avait senti comme un vide. Depuis, il ne pouvait se rappeler ce qui s'était produit et moins encore distinguer les hallucinations des événements appartenant à la vie réelle. A présent, le doute s'était emparé de lui. Le médecin avait-il jamais parlé de « mort vivante »? L'expression était paradoxale, tout bonnement contradictoire, dépourvue de toute logique. Voilà pourquoi il avait l'impression d'être bel et bien mort. De l'être depuis dix-huit ans.

A l'époque – il avait sept ans au moment de sa mort –, sa mère avait fait tailler un petit cercueil de bois vert, un cercueil d'enfant, mais le médecin avait conseillé qu'on lui en fît un plus grand, d'adulte, normal, car l'autre, trop petit, aurait pu entraver sa croissance et faire de lui un mort difforme ou un vivant contrefait. L'arrêt de sa croissance aurait empêché d'évaluer toute amélioration. En vertu de cet avertissement, sa mère avait commandé un grand cercueil, pour un cadavre adulte. Puis elle avait placé à ses pieds trois coussins, pour bien le caler.

Très vite, à l'intérieur de sa bière, il s'était mis à grandir, de sorte que tous les ans on ôtait un peu de laine au coussin du bout pour laisser libre cours à son développement. La moitié d'une vie s'était ainsi écoulée : dix-huit ans. Il en avait à présent vingt-cinq, et sa taille, définitive, était celle d'un adulte. Le menuisier et le médecin, croyant qu'il aurait la même taille que son père, un géant à demi barbare, s'étaient trompés dans leurs calculs et avaient fait un caisson trop long de cinquante centimètres. Or, il n'avait hérité de lui qu'une barbe touffue, épaisse et bleue, que sa mère peignait régulièrement pour que dans son cercueil il fût présentable. Les jours de chaleur, la barbe le gênait terriblement.

Pourtant, quelque chose l'inquiétait plus encore que « le bruit ». Lorsqu'il était petit, rien ne le tourmentait ni ne le terrorisait davantage que les souris. Et ces répugnantes bestioles avaient envahi sa chambre, attirées par l'odeur des cierges se consumant à ses pieds. Elles avaient grignoté ses vêtements et il savait que dans quelque temps elles commenceraient à le mordre, à ronger son corps. Un jour, il avait pu les voir : cinq souris luisantes et visqueuses qui escaladaient le pied de la table pour atteindre le cercueil et le dévorer. Lorsque sa mère s'en apercevrait, il ne resterait plus de lui que des ossements, reliques dures et froides. Mais ce qui l'horrifiait plus que tout n'était pas d'être dévoré par les souris. Tout compte fait, son squelette lui suffirait pour vivre. Ce qui le tourmentait c'était sa terreur innée de ces petites bêtes. Il avait la chair de poule à la seule pensée de ces êtres velus courant sur son corps, se faufilant dans les replis de sa peau, frôlant ses lèvres de leurs pattes glacées. L'une d'elles, arrivée jusqu'à ses paupières, avait tenté de lui ronger la cornée. Il l'avait vue, énorme, monstrueuse, s'efforcer désespérément de crever sa pupille. Il avait alors cru à une nouvelle mort et s'était abandonné à l'imminence du vertige.

Il se souvint qu'il avait atteint l'âge adulte. A vingt-cinq ans, il ne grandirait plus, ses traits deviendraient graves et définitifs. Mais une fois guéri, il ne pourrait évoquer son enfance. Il n'en avait pas eu, il l'avait passée dans la mort.

Sa mère avait pris des précautions rigoureuses tout le temps qu'avait duré la transition de l'enfance à la puberté. Elle avait veillé à la parfaite hygiène du cercueil et de la pièce, changeant souvent les fleurs dans les vases et ouvrant chaque jour les fenêtres afin qu'entrât l'air frais. En ce temps-là, elle regardait avec plaisir le centimètre lorsque après avoir mesuré son fils elle constatait qu'il avait grandi. Elle éprouvait une satisfaction toute maternelle de le savoir en vie et prenait soin d'éviter la présence d'étrangers dans la maison. Qu'un mort vive aussi longtemps dans une chambre pouvait leur paraître désagréable et mystérieux. Pourtant, l'optimisme de cette femme, qui était l'abnégation même, commença un jour à décliner. Depuis quelques années, il la voyait regarder le centimètre avec tristesse : son enfant ne grandissait plus. Ces derniers mois il n'avait pas même grandi d'un pouce. Sa mère savait qu'à présent il serait difficile de déceler un signe de vie chez son mort bien-aimé. Elle redoutait un matin de le trouver « réellement » mort, et c'est sans doute pourquoi, ce jour-là, il la vit s'approcher du cercueil et flairer discrètement son corps. Elle traversait une période de dépression. Dernièrement, il s'était rendu compte qu'elle le négligeait et ne se donnait plus la peine d'apporter le centimètre. Elle savait qu'il ne grandirait plus.

Et lui savait qu'il était maintenant « réellement » mort. Il le savait à la sérénité avec laquelle son organisme se laissait emporter. Des changements incontestables s'étaient produits. Les battements imperceptibles que lui seul pouvait surprendre avaient abandonné son pouls. Il se sentait pesant, comme entraîné par une force redoutable et irrépressible vers la substance primordiale de la terre. L'effet de la pesanteur exerçait sur lui l'attraction irrésistible d'un aimant. Il se sentait aussi lourd qu'un cadavre tangible et réel. Pourtant, il n'éprouvait aucune fatigue. Pour vivre sa mort, il n'avait pas même besoin de respirer.

Il parcourut ses membres sans les palper, les évoquant un à un. Posée sur un oreiller amidonné, sa tête était légèrement tournée vers la gauche. Au mince courant d'air froid qui remplissait sa gorge d'un givre blanc, il imagina ses lèvres entrouvertes. On l'avait scié comme un arbre de vingt-cinq ans. Le foulard qui soutenait son menton s'était relâché et peut-être s'efforça-t-il de fermer la bouche. Mais il ne put ébaucher le moindre geste ni se redresser, ni même feindre de prendre une pose de mort décent. Ni ses muscles ni ses membres ne répondaient comme autrefois à l'appel de son système nerveux. Il n'était plus l'enfant normal qui, dix-huit ans auparavant, pouvait remuer à sa guise. Il sentait ses bras, faibles, avachis à jamais et comprimés le long des parois capitonnées du cercueil, son ventre dur comme l'écorce d'un noyer et plus loin, ses jambes, intactes et précises, qui parachevaient son anatomie d'adulte. Son corps était lourd, certes, mais il reposait à son aise, comme si le monde s'était soudain arrêté et qu'il ne se trouvait plus personne pour briser le silence ; comme si tous les poumons de la terre avaient cessé de respirer afin de ne pas troubler la douce quiétude de l'air. Il se sentait heureux comme l'enfant qui, allongé dans la fraîcheur d'une herbe épaisse et drue, contemple un nuage fugace s'éloignant dans le crépuscule. Il était heureux malgré sa mort, malgré son repos qu'il savait éternel dans le cercueil tapissé de soie artificielle. Sa lucidité était parfaite, à la différence d'autrefois, lorsqu'après sa première mort il s'était senti abattu et engourdi. Les quatre cierges que l'on avait placés autour de lui et que l'on renouvelait tous les trois mois étaient presque consumés à l'heure même où ils allaient devenir indispensables. Il perçut la fraîcheur toute proche des violettes humides que sa mère avait apportées ce matin. Il reconnut celle des jasmins et des roses. Mais toute cette terrible réalité ne le troublait pas ; au contraire, sa solitude le rendait heureux. La peur le gagnerait-elle, plus tard ?

Peut-être. Il lui en coûtait de penser au moment où le marteau enfoncerait les clous dans le bois vert et où le cercueil grincerait dans l'espoir de redevenir arbre un jour. Son corps, répondant avec une force de plus en plus grande à l'appel de la terre, reposerait dans un creux d'argile humide et fangeux, tandis que là-haut, au-dessus des quatre mètres cubes, s'éteindraient les dernières pelletées des fossoyeurs. Non, il n'aurait pas peur. Ce serait le prolongement de sa mort, le prolongement naturel de son nouvel état.

La chaleur abandonnerait son corps, sa moelle serait à jamais glacée et quelques fins cristaux de neige pénétreraient au cœur de ses os. Comme il allait bien s'habituer à sa nouvelle vie de mort ! Un jour, cependant, il sentirait sa carcasse se désarticuler, et lorsqu'il tenterait de nommer, de désigner chacun de ses membres, il ne les trouverait plus. Il se sentirait dépourvu de forme exacte et admettrait alors, avec résignation, la perte de la parfaite anatomie de ses vingt-cinq ans et sa métamorphose en une poignée de poussière informe, sans contours définis.

Poussière biblique de la mort, voilà ce qu'il deviendrait. Peut-être éprouverait-il une légère nostalgie, celle de n'être plus, anatomiquement, un vrai cadavre, mais un cadavre imaginaire, abstrait, dont la forme ne subsisterait que dans le souvenir imprécis de ses parents. Il naviguerait dans la sève d'un pommier et se réveillerait un matin d'automne mordu par un enfant affamé. Il se saurait – et c'était attristant – privé d'unité, de sa consistance de mort ordinaire, de cadavre banal.

Il passa la nuit heureux, en compagnie de sa propre dépouille.

Mais au matin, alors que les premiers rayons d'un tiède soleil entraient par la fenêtre ouverte, il sentit sa peau se distendre. Il parcourut la chambre du regard, calme, rigide, et laissa la brise caresser son corps. Il ne pouvait s'y tromper : « l'odeur » était là. Pendant la nuit, sous l'action de la cadavérine, son organisme avait commencé à se décomposer, à se putréfier, comme n'importe quel cadavre. « L'odeur » était sans nul doute celle, reconnaissable entre toutes, de la chair corrompue, et elle se dissipait pour revenir ensuite, plus pénétrante. Son corps, à la chaleur de la nuit, s'était décomposé. Oui, il était bel et bien en train de pourrir. Dans quelques heures, sa mère viendrait changer les fleurs, et sur le seuil de la chambre, le remugle de la chair en décomposition la saisirait à la gorge. Alors on l'emporterait afin qu'il vive sa seconde mort parmi les morts.

Soudain, la peur lui enfonça son poignard dans le dos. La peur ! Comme ce mot était profond et chargé de sens ! A présent il avait peur, une peur

« physique », authentique. Il en connaissait parfaitement la raison et sa chair en tremblait : il n'était certainement pas mort. On l'avait déposé dans un cercueil capitonné, moelleux, terriblement confortable, et le fantôme de la peur avait ouvert la fenêtre de la réalité : on allait l'enterrer vivant.

Il ne pouvait être mort car il avait une perception exacte de toute chose : de la vie qui se déroulait autour de lui, de ses murmures, de la tiède senteur des héliotropes qui pénétrait par la fenêtre ouverte et se mêlait à « l'odeur ». Il entendait l'eau goutter lentement dans le bassin, et le grillon qui continuait de chanter dans un coin, croyant que c'était encore l'aube.

Tout démentait sa mort. Tout sauf « l'odeur ». Mais comment pouvait-il être sûr que cette odeur était la sienne? Hier, sa mère avait peut-être oublié de changer l'eau des vases, et les fleurs étaient peut-être en train de pourrir. N'était-ce pas plutôt la souris que le chat avait traînée jusque dans sa chambre qui se putréfiait à la chaleur? Non. « L'odeur » ne pouvait être celle de son corps.

Quelques instants plus tôt il avait été heureux d'être mort parce qu'un mort, connaissant le caractère irréversible de sa situation, peut être heureux, alors qu'un vivant ne peut se résigner à être enterré vivant. Cependant, ses membres ne répondaient pas à son appel. Il se sentit gagné par une terreur nouvelle, jusque-là inconnue, qu'il n'avait jamais éprouvée, vivant ou mort. On l'enterrerait vivant. Il serait pleinement conscient à l'instant où l'on clouerait le cercueil. Il sentirait son corps vide porté sur les épaules de ses amis, et son angoisse et son désespoir augmenteraient tandis qu'avancerait la procession.

Il tenterait inutilement de se lever, d'appeler à l'aide de toutes ses forces défaillantes, de frapper l'intérieur du cercueil étroit et obscur afin que l'on sache qu'il était encore vivant. En vain. Une fois de plus ses membres refuseraient de répondre à l'appel urgent et ultime de son système nerveux.

Il entendit des bruits dans la pièce contiguë. Aurait-il dormi ? Toute cette vie mortuaire n'aurait-elle été qu'un cauchemar ? Mais le bruit de vaisselle cessa. Il en éprouva de la tristesse et de l'amertume. Il aurait voulu que toutes les vaisselles de la terre fussent brisées d'un seul coup, là, tout près de lui, afin qu'un événement extérieur se substituât, pour le réveiller, à sa volonté impuissante.

Mais ce n'était pas un rêve. Eût-il rêvé que sa dernière tentative de revenir à la réalité aurait abouti, il en était sûr. Cette fois, il ne se réveillerait plus. Le cercueil était douillet et « l'odeur » était revenue avec davantage de force, avec tant de force qu'il doutait qu'elle fût la sienne. Il aurait voulu voir sa famille avant que son corps ne se décompose, avant que le spectacle de sa chair putréfiée ne la dégoûte. Les voisins, épouvantés, fuiraient le cercueil, un mouchoir devant la bouche, le cœur au bord des lèvres. Mieux valait en finir sans plus attendre. Lui-même voulait en finir avec son propre cadavre. Il se savait vraiment mort, ou du moins imperceptiblement vivant, ce qui revenait au même. Quant à « l'odeur », elle était toujours là.

Résigné, il écouterait les ultimes prières, les ultimes paroles auxquelles l'assistance répondrait par des balbutiements. Le froid, à travers la terre et les ossements du cimetière, se coulerait dans ses os et parviendrait peut-être à chasser « l'odeur ». Et qui sait si l'imminence du moment ne l'arracherait pas à sa léthargie. Lorsqu'il nagerait dans ses propres humeurs, dans une eau visqueuse, tout comme il avait nagé, avant de naître, dans le ventre de sa mère, alors peut-être serait-il vivant.

Mais tellement résigné à la mort qu'il mourrait sans doute de résignation.

La mort jumelle

(1948)

Il se réveilla en sursaut, sans raison apparente. Venant de la pièce voisine, une âcre odeur de violette et de formol, intense et profuse, se mêlait au parfum des fleurs à peine écloses qui montait du jardin encore endormi. Il tenta de se rasséréner, de retrouver cet état d'esprit qu'il avait brusquement perdu dans son sommeil. Dehors, dans le verger, le tuyau d'arrosage avait commencé à chanter et, par-delà la fenêtre ouverte, le ciel était déjà bleu. Il parcourut du regard la chambre encore dans la pénombre, essayant de comprendre ce réveil brutal et inattendu. Il avait le sentiment, la certitude physique que quelqu'un était entré pendant qu'il dormait. Pourtant, il était seul et la porte, fermée de l'intérieur, ne portait aucune trace d'effraction. Sur le rebord de la fenêtre mourait une étoile. Il demeura un moment immobile, s'efforçant d'apaiser la tension nerveuse qui l'avait projeté à la surface du sommeil, et, les yeux clos, allongé sur le dos, il partit de nouveau à la recherche du sentier perdu de la sérénité. Des grappes de sang se détachèrent de sa gorge tandis que dans sa poitrine son cœur se désespérait au rythme d'un battement vigoureux, accentué mais léger, comme s'il revenait d'une course effrénée. Il revécut mentalement les minutes précédentes. Sans doute avait-il fait un rêve étrange. Un cauchemar. Non. Il n'y avait rien de particulier, rien qui expliquât ce réveil en sursaut.

Ils étaient dans un train – maintenant je m'en souviens –, le paysage défilait – j'ai souvent fait ce rêve –, un paysage de nature morte planté d'arbres artificiels, irréels, avec pour fruits des couteaux, des ciseaux et autres instruments – il faut que j'aille me faire couper les cheveux – de coiffure. Il avait souvent fait ce rêve mais jamais ne s'était réveillé ainsi, sur le qui-vive. Derrière un tronc d'arbre, son frère, l'autre, son jumeau, celui que l'on avait enterré un après-midi, gesticulait – cela m'est arrivé une fois ou deux dans la vie réelle – pour faire arrêter le train. Convaincu de l'inutilité de ses signaux, il s'était mis à courir derrière le wagon puis s'était écroulé, haletant, la bouche écumante. C'était sans aucun doute un rêve absurde, aberrant, mais qui ne justifiait nullement ce réveil agité. Il ferma de nouveau les yeux, les tempes encore palpitantes à cause du flot de sang qui montait comme un poing fermé. Le train roulait au milieu d'un paysage aride, désertique, monotone. Une douleur dans la jambe gauche détourna son attention. Il remarqua – je ne dois plus mettre ces chaussures trop serrées – qu'il avait une tumeur au doigt de pied du milieu. D'un geste naturel et comme s'il l'avait fait tout au long de sa vie, il sortit de sa poche un tournevis avec lequel il ôta la tête de la tumeur. Il la déposa soigneusement dans une petite boîte bleue – voit-on les couleurs en rêve ? – et de la cicatrice il vit pointer un lacet gras et jaune. Sans se troubler, comme s'il n'avait attendu que cela, il tira lentement le lacet, avec un soin circonspect. C'était un long, un très long ruban qui sortait de son corps sans le gêner ni lui faire mal. Une seconde plus tard, il leva les yeux et vit que le wagon était vide et que, dans le compartiment voisin, son frère habillé en femme se regardait dans un miroir et tentait de s'arracher l'œil gauche avec une paire de ciseaux.

Ce rêve était en effet déplaisant mais ne pouvait expliquer pourquoi le rythme de sa circulation sanguine en était à ce point perturbé alors que les autres fois, en se réveillant de cauchemars horribles, il était parvenu à retrouver son calme. Ses mains étaient froides. L'odeur des violettes et du formol persistait et devenait désagréable, presque agressive. Les yeux fermés, désireux d'en finir avec ce halètement, il tenta d'évoquer une histoire banale afin de replonger dans le sommeil interrompu quelques minutes auparavant. Je pourrais me dire, par exemple, que dans trois heures il me faudra aller aux pompes funèbres payer la facture. Dans un coin de la chambre, un grillon insomniaque se mit à chanter et emplit la pièce de sa voix aiguë et cisaillante. La tension nerveuse commença à céder doucement, sûrement, et il remarqua une fois de plus combien ses muscles étaient détendus et relâchés. Il était allongé sur le matelas épais et moelleux mais son corps, léger, débarrassé de toute pesanteur, gagné par une douce sensation de béatitude et de fatigue, oubliait sa structure matérielle, sa lourde substance terrestre qui le définissait et le situait sur un point précis et déterminé de l'échelle zoologique. Sa délicate architecture s'arc-boutait sur un ensemble de systèmes, d'organes géométriquement circonscrits, qui l'élevaient au sommet de l'arbitraire hiérarchie des animaux rationnels. Ses paupières, maintenant dociles, se fermaient en un mouvement naturel sur sa cornée, de même que ses bras et ses jambes se fondaient en un ensemble de membres qui, peu à peu, perdaient leur autonomie. On eût dit que son organisme avait fusionné en un seul organe, immense, achevé, et que lui, l'homme, avait abandonné ses racines mortelles pour s'unir à d'autres racines, plus profondes et plus fermes : celles, éternelles, du sommeil définitif. Il entendit, dehors, de l'autre côté du monde, le chant du grillon s'affaiblir jusqu'à n'être plus perceptible par ses sens qui, repliés sur eux-mêmes, le précipitaient vers une notion nouvelle et simplifiée du temps et de l'espace effaçant la présence de ce monde matériel, physique et douloureux, peuplé d'insectes et d'âcres senteurs de violette et de formol.

Doucement, enveloppé dans la tiédeur d'une sérénité convoitée, il éprouva la légèreté de sa mort artificielle et quotidienne. Il s'enfonça dans une géographie aimable, un univers facile et idéal, un monde qu'aurait pu dessiner un enfant, sans équations algébriques, sans ruptures amoureuses, sans pesanteur.

Il ne pouvait préciser combien de temps il était resté ainsi, entre les rivages prodigues des songes et la réalité, mais se souvenait qu'il avait tout à coup bondi hors des draps, comme si on lui avait tranché la gorge d'un coup de couteau, parce qu'il avait cru voir son jumeau, son frère mort, assis au pied du lit.

Son cœur monta de nouveau comme un poing jusqu'à ses lèvres et le fit tressaillir. Le jour naissant, le grillon qui continuait de broyer la solitude avec son orgue de Barbarie désaccordé, l'air frais qui montait de l'univers du jardin, tout contribuait à le ramener à la réalité. Cette fois, cependant, il pouvait comprendre la raison de son sursaut. Durant ces brèves minutes de somnolence et même – je m'en rends compte maitenant – pendant toute la nuit, alors qu'il avait cru faire un rêve paisible, simple, dépourvu de pensées, sa mémoire s'était en fait immobilisée sur une seule image, invariable, fixe, autonome, qui s'imposait à son esprit en dépit de la résistance et de la volonté de sa pensée. Oui. Presque subrepticement, cette image s'était emparée de lui, l'avait envahi pour l'habiter tout entier, s'était métamorphosée en un décor figé derrière ses autres pensées, support, vertèbre maîtresse du drame qui se jouait en lui jour et nuit. Le cadavre de son jumeau était une obsession fichée au cœur même de sa vie. Et à présent que ce frère, les paupières frémissantes de pluie, gisait au fond de sa parcelle de terre, à présent, il avait peur de lui.

Jamais il n'aurait cru que le choc pût être aussi brutal. L'odeur revint par la fenêtre entrouverte, mêlée à celle de la terre humide et des os ensevelis, et son odorat la capta avec une joie terrible d'homme et de bête. De nombreuses heures s'étaient écoulées depuis qu'il l'avait vu se tordre sous ses draps comme un chien blessé à mort, hurlant, mordant ce cri ultime qui emplissait sa bouche de sel, essayant de déchirer de ses ongles la douleur qui grimpait le long de son dos jusqu'aux racines de la tumeur. Il ne pouvait oublier son rictus de bête agonisante, rebelle à la vérité dressée devant lui et agrippée à son corps avec une imperturbable ténacité, aussi définitive que la mort elle-même. Il avait vu les derniers instants de son agonie barbare. Il l'avait vu s'arracher les ongles le long des murs, gratter cette dernière parcelle de vie qui filait entre ses doigts et le vidait de son sang, tandis que la gangrène s'enfonçait dans son flanc comme une femme implacable. Puis il l'avait vu s'effondrer sur le lit défait, en proie à une fatigue moite et résignée, lorsque ses dents recouvertes de bave avaient craché à la face du monde un sourire d'épouvante, monstrueux, et que la mort avait commencé à couler dans ses os comme un fleuve de cendre.

Je me dis alors que la tumeur ne déchirerait plus son ventre. Je l'imaginais ronde – il la sentait dans sa chair –, gonflée comme un soleil intérieur, tel un insecte jaune et insupportable qui eût tendu ses rets maléfiques dans le tréfonds de ses entrailles. (Il sentir ses viscères se déchirer comme sous la pression d'un besoin physiologique.) Un jour j'aurai peut-être une tumeur semblable à celle-ci. Minuscule petite boule au début, elle grandira, se ramifiera, gonflera à l'intérieur de mon ventre comme un fœtus. Je la sentirai sans doute lorsqu'elle commencera à bouger, à se déplacer en moi avec la fureur d'un enfant somnambule se promenant dans mes entrailles – les doigts raidis par l'angoisse, il porta la main à son abdomen –, cherchant dans les ténèbres la matrice tiède, l'utérus hospitalier qu'il ne trouvera jamais, tandis qu'un cordon ombilical jaune et long s'enroulera autour de ses mille pattes d'animal fabuleux. Oui. Peut-être vais-je avoir moi aussi, de même que ce frère jumeau qui vient de mourir, une tumeur à la racine des viscères. L'odeur qui montait du jardin revenait à présent avec force, répugnante, enveloppée d'un remugle nauséabond. Le temps semblait s'être arrêté sous le porche de l'aube. Vénus s'était coagulée sur la vitre tandis que dans la pièce voisine, où le cadavre avait passé la nuit, l'aldéhyde formique continuait d'exhaler son puissant message. C'était une odeur différente de celle du jardin. Une odeur plus angoissante, plus caractéristique que cette trouble senteur de fleurs diverses. Depuis qu'il la connaissait, il ne pouvait la dissocier des cadavres. C'était l'odeur glaciale et méphitique du formaldéhyde des amphithéâtres. Il pensa au laboratoire. Lui revinrent en mémoire les viscères conservés dans de l'alcool absolu, les oiseaux naturalisés. Un lapin dont la chair est saturée de formol durcit, se déshydrate, perd son élasticité docile et se transforme en un lapin éternel, incorruptible. Le formol. D'où venait cette odeur? La seule façon d'arrêter la putréfaction. Si les hommes avaient du formol dans les veines, ils ressembleraient à des morceaux d'anatomie plongés dans de l'alcool absolu.

Il entendit le battement de plus en plus fort de la pluie martelant les vitres de la fenêtre entrouverte. Un air frais entra, agréable et nouveau, chargé d'humidité. Le froid de ses mains s'intensifia, lui fit sentir la présence du formol dans ses veines, comme si l'humidité du jardin avait pénétré ses os. L'humidité. « Là-bas », elle était plus intense. Non sans un certain dégoût, il se dit que la pluie, pendant les nuits d'hiver, traversait le gazon et que l'humidité dormirait à côté de son frère, circulerait dans son corps, pareille à un ruisseau. Les morts, lui semblait-il, avaient besoin d'un autre système circulatoire pour les précipiter vers une autre mort, irrémédiable et ultime. Pour l'instant il aurait voulu que la pluie s'arrête, que l'été soit une éternelle et unique saison. Ces pensées rendaient désagréable l'insistance du battement de la pluie sur les vitres. Il aurait voulu que l'argile des cimetières soit sèche, toujours sèche, car il tremblait à l'idée que dans quinze jours, lorsque l'humidité courrait le long de sa moelle épinière, l'homme sous la terre ne soit plus le même.

Oui, ils étaient deux frères identiques, que personne à première vue ne pouvait distinguer. Naguère, quand chacun menait sa vie de son côté, ils n'étaient que deux simples jumeaux éloignés l'un de l'autre, deux hommes différents. En esprit, rien ne les unissait. Mais à présent que la rigidité, la terrible réalité grimpait le long de son dos comme un animal invertébré, quelque chose qui ressemblait à un vide s'était dissous dans son environnement. On eût dit qu'un précipice s'était ouvert devant lui, ou qu'un coup de hache avait soudain fendu son corps en deux : non pas ce corps anatomique, obéissant à une parfaite définition géométrique, non pas ce corps matériel qui à présent connaissait la peur, mais l'autre, celui qui, au-delà du sien, s'était lové avec lui dans la nuit liquide du ventre maternel, avait escaladé l'arbre d'une antique généalogie, l'avait escorté dans le sang de quatre couples d'aïeux, venant de plus loin encore, des origines du monde, soutenant de toute sa force, de toute sa mystérieuse présence, la totalité de l'équilibre universel. Peut-être avait-il couru dans le sang d'Isaac et de Rebecca, peut-être était-ce son frère qui était né un talon entravé et avait trébuché de génération en génération, de nuit en nuit, de baiser en baiser, d'amour en amour, parcourant artères et testicules pour atteindre, en un voyage nocturne, la matrice de sa nouvelle mère. Le mystérieux itinéraire ancestral lui paraissait réel et douloureux à présent que l'équilibre avait été rompu et l'équation définitivement résolue. Il savait que quelque chose manquait à son harmonie personnelle, à son intégrité corporelle et quotidienne : Jacob avait irrémédiablement libéré ses chevilles.

Pendant la maladie de son frère, il n'avait rien éprouvé de semblable car le visage défait, barbu, transfiguré par la fièvre et la douleur, s'était nettement différencié du sien.

Lorsque son jumeau, étendu sur son lit de mort, s'était raidi, on avait appelé un barbier pour faire la toilette du cadavre. Il était adossé au mur lorsque était entré l'homme vêtu de blanc, muni des instruments spécifiques à sa profession. Avec la précision d'un maître, il avait couvert de mousse la barbe du mort – la bouche mousseuse, tel que je l'avais vu avant qu'il ne meure – et, lentement, comme qui est sur le point de révéler un terrible secret, il avait commencé à le raser. Alors, l'horrible idée l'avait assailli. A mesure que sous le rasoir apparaissait le visage terreux et pâle de son jumeau, il sentait que ce cadavre, loin de lui être étranger, était au contraire fait de la même substance terrestre que la sienne, qu'il était une répétition de lui-même... Il lui était arrivé d'éprouver le sentiment étrange que ses parents avaient extirpé du miroir sa propre image, celle qu'il voyait reflétée dans la glace lorsqu'il se rasait. A présent, devenue indépendante, elle répondait à chacun de ses mouvements. Autrefois, il voyait tous les matins le rasoir glisser sur ses joues. Mais il avait, ce jour-là, connu la dramatique expérience de voir un autre homme raser l'image du miroir sans avoir besoin de sa présence physique. Il avait acquis alors la certitude que si en cet instant il s'était approché d'un miroir, il l'eût trouvé vide, bien que la physique eût été incapable de fournir une explication exacte à ce phénomène. C'était la conscience du dédoublement. Son double était un cadavre. Désespéré, s'efforçant de réagir, il palpa le mur rugueux et une onde rassurante courut sur sa peau. Une fois son travail terminé, le barbier avait, de la pointe des ciseaux, fermé les paupières du mort. La nuit frémissait sous sa peau, dans l'irrévocable solitude du corps déparié. Ils ne pouvaient être ensemble que de cette manière. Deux frères identiques, étrangement répétés.

Il pressentit, en constatant combien leurs deux natures étaient intimement liées, qu'un événement extraordinaire, inattendu, allait se produire. Il pensa que la séparation de leurs corps dans l'espace n'était qu'un leurre et qu'en réalité leur nature était unique et indivisible. Lorsque la décomposition organique s'emparerait du mort, lui, le vivant, commencerait peut-être à se putréfier dans son enveloppe animée.

Il entendit la pluie tambouriner avec plus de force sur les vitres, et le grillon cessa soudain de chanter. Ses mains étaient glacées, comme engourdies par un froid inhumain. L'odeur de formol, de plus en plus intense, semblait apporter jusqu'à lui la putréfaction que son frère jumeau lui transmettait de son trou gelé. Absurde! Le phénomène pouvait tout aussi bien être inverse : l'influence, c'était lui qui l'exerçait, lui le vivant, grâce à son énergie, à la vie de ses cellules. Après tout, son frère et lui resteraient peut-être intacts, maintenant un équilibre entre la vie et la mort pour se défendre de la décomposition. Mais qui pouvait l'affirmer? Le frère enseveli ne demeurerait-il pas incorruptible alors que de ses tentacules bleus la pourriture envahirait l'autre, celui qui était en vie?

Cette dernière hypothèse lui parut la plus vraisemblable et il se résigna à attendre l'heure effroyable. Sa peau était devenue lisse, visqueuse, et il lui sembla qu'une substance bleue le recouvrait tout entier. Il huma l'exhalaison de ses propres odeurs corporelles mais ses narines ne distinguèrent que les émanations du formol dans la pièce voisine. Toute inquiétude disparut. Le grillon avait repris son chant tandis qu'une grosse goutte commençait à s'infiltrer par le plafond et s'élargissait au milieu de la pièce. Il ne fut pas étonné de l'entendre tomber car il savait qu'à cet endroit le bois était vieux. Il imagina une goutte d'eau fraîche, bonne, amicale, venue du ciel, d'une vie meilleure, plus généreuse et moins remplie de ces phénomènes absurdes que sont l'amour, la digestion ou la gémellité. Cette goutte remplirait peut-être la pièce dans une heure ou dans mille ans, peut-être dissoudrait-elle son armature mortelle, vaine substance qui – pourquoi pas? – dans quelques instants ne serait plus qu'un mélange pâteux d'albumine et de lymphe. A présent tout lui était indifférent. Entre lui et sa tombe, seule s'interposait sa propre mort. Résigné, il entendit la goutte énorme, épaisse, précise, tomber dans l'autre monde, le monde faux et absurde des animaux rationnels.

Ève à l'intérieur de son chat

(1948)

Soudain, elle remarqua que sa beauté s'était effondrée, qu'elle la tenaillait, comme une tumeur ou un cancer. Elle se souvenait encore de la valeur du privilège accordé à son corps d'adolescente et qu'elle avait à présent laissé choir – Dieu sait où – d'un geste ultime de fatigue résignée, d'animal sur le déclin. Supporter plus longtemps ce fardeau était au-dessus de ses forces. Il lui fallait se défaire n'importe où de cet attribut inutile de sa personnalité, de cette partie de son propre nom qui avait fini par être de trop à force d'être soulignée. Oui, elle devait abandonner la beauté quelque part, au coin d'une rue ou dans un quartier de banlieue. Ou l'oublier au vestiaire d'un restaurant de troisième ordre comme un vieux manteau importable. Elle était fatiguée d'être le centre de toutes les attentions, de vivre assiégée par le regard insistant des hommes.

La nuit, lorsque l'insomnie plantait des épingles sous ses paupières, elle aurait voulu être une femme quelconque, dépourvue d'attraits. Entre les quatre murs de la chambre, tout lui était hostile. Désespérée, elle sentait l'insomnie se faufiler sous sa peau, dans sa tête, faire monter la fièvre jusqu'aux racines de ses cheveux. Ses artères semblaient peuplées d'insectes minuscules et brûlants qui, chaque jour à l'approche de l'aube, s'éveillaient et parcouraient de leurs mille pattes frétillantes, en une déchirante aventure sous-cutanée, la poignée d'argile où s'était lovée la beauté de son corps. Sa lutte pour se débarrasser de ces terribles animaux était vaine. Ils faisaient partie de son organisme et existaient depuis bien avant sa naissance. Ils venaient du cœur de son père qui les avait douloureusement alimentés pendant ses nuits de solitude et de désespoir. Ou peut-être s'étaient-ils précipités dans ses veines par le cordon ombilical qui la rattachait à sa mère depuis la nuit des temps. Il ne faisait aucun doute que ces insectes n'étaient pas nés spontanément à l'intérieur de son corps. Elle savait qu'ils venaient de très loin, que tous ceux qui avaient porté son nom avaient dû les subir et comme elle les supporter lorsque l'invincible insomnie se prolongeait jusqu'à l'aube. C'étaient ces mêmes insectes qui avaient peint cette moue amère, cette tristesse inconsolable, sur le visage de ses ancêtres. Elle avait saisi leur regard, victime de cette même angoisse, derrière leur existence éteinte et leurs portraits fanés. Elle se souvenait encore de l'expression inquiétante de sa bisaïeule implorant, sur la toile défraîchie, une minute de repos, une seconde de paix à ces insectes qui, dans ses veines et ses artères, continuaient à la martyriser et à l'embellir sans pitié. Non, ces insectes ne lui appartenaient pas. Nés dans le ventre de la première mère qui avait engendré une fille de toute beauté, ils se transmettaient de génération en génération, soutenant de leur carapace minuscule le prestige d'une caste douloureusement élue. Mais il était nécessaire et urgent de mettre fin à cette lignée. Quelqu'un devait renoncer à léguer cette artificielle splendeur. Quel était l'avantage, pour les femmes de son lignage, de pouvoir s'admirer dans un miroir si pendant la nuit les bêtes poursuivaient leur lent et efficient labeur? Ce n'était pas la beauté, mais une maladie qu'il fallait endiguer et à laquelle elle devait mettre fin de façon énergique et radicale.

Elle avait encore à l'esprit les heures interminables passées dans son lit tapissé d'aiguilles brûlantes, les nuits au cours desquelles elle tentait de faire avancer le temps afin qu'au lever du jour les insectes mettent fin à leurs tortures. A quoi bon être si belle? Nuit après nuit, en proie au désespoir, elle pensait qu'il eût mieux valu être une femme quelconque, ou un homme, plutôt que de posséder cette inutile vertu que des insectes aux origines lointaines alimentaient en précipitant l'arrivée irrévocable de la mort. Peut-être eût-elle été heureuse si elle avait eu la trivialité et la laideur chagrine de son amie tchèque qui portait un prénom de chien. Et sans doute eût-il mieux valu être laide et dormir d'un sommeil paisible comme n'importe quel chrétien.

Elle maudissait ses aïeules. Les coupables de son insomnie, c'étaient elles. Elles qui lui avaient transmis cette beauté immuable, parfaite, comme si, une fois mortes, les mères avaient secoué et rajeuni leur visage pour le greffer sur le corps de leurs filles. Comme si un visage, toujours le même, s'était transmis de femme en femme, avec les mêmes oreilles, le même nez, la même bouche, le même fardeau d'intelligence, et que toutes l'eussent irrémédiablement reçu tel un douloureux patrimoine de beauté. C'était par la transmission du visage que s'immisçait ce microbe éternel qui, de mère en fille, s'était développé, avait acquis puissance et personnalité, et s'était métamorphosé en un être invincible, en une maladie incurable dont elle avait hérité après un long processus de maturation et qui ne lui apportait que souffrance, amertume et douleur. Exactement comme une tumeur ou un cancer.

Aux heures d'insomnie lui revenaient en mémoire des souvenirs irritant sa sensibilité délicate. Elle évoquait les objets qui composaient l'univers affectif où se multipliaient, comme dans un bouillon de culture, ces microbes désespérants. La nuit, les yeux grands ouverts, elle supportait, désorientée, le poids des ténèbres coulant sur son front comme du plomb fondu. Autour d'elle, les choses dormaient. Et dans son coin, pour tenter de tromper le sommeil, elle essayait de revivre ses souvenirs d'enfance.

Mais cette évocation se transformait toujours en terreur de l'inconnu. Ses pensées, après avoir erré dans les recoins obscurs de la maison, se retrouvaient invariablement confrontées à la peur. Alors, la lutte commençait. Jamais, non jamais elle ne pourrait chasser de son esprit la peur qui lui serrait la gorge et qu'elle devait supporter parce qu'elle vivait dans cette vieille demeure et dormait seule dans un coin, à l'écart du monde.

Ses pensées erraient toujours dans des couloirs humides et sombres, époussetaient les portraits recouverts de toiles d'araignée où s'était collée la cendre inquiétante et terrible qui tombait de là-haut, de l'endroit où les os de ses ancêtres étaient redevenus poussière. Invariablement, elle se souvenait de « l'enfant ». Elle l'évoquait, somnambule, sous la pelouse du jardin, au pied de l'oranger, une poignée d'humus dans la bouche. Elle croyait le voir dans sa fosse d'argile, creusant vers le haut de ses ongles et de ses dents, fuyant le froid qui mordait son dos, cherchant une issue vers le jardin à travers ce petit tunnel où on l'avait déposé parmi les escargots. En hiver, elle l'entendait verser des pleurs légers, maculés de terre et mêlés de pluie. Elle l'imaginait entier, intact, tel qu'on l'avait laissé, cinq ans auparavant, dans ce trou plein d'eau. Elle ne pouvait concevoir qu'il se fût décomposé. Au contraire, il devait être magnifique, naviguant dans cette eau épaisse, en une sorte de voyage sans retour. Il lui arrivait aussi de l'évoquer vivant mais apeuré, effrayé de se sentir seul, enseveli dans un jardin aussi sombre. Elle s'était opposée à ce qu'on le laissât sous l'oranger, si près de la maison. Il lui faisait peur. Elle savait que la nuit, il la devinerait traquée par l'insomnie, et viendrait par les longs corridors la supplier de lui tenir compagnie et de le défendre contre ces autres insectes qui dévoraient la racine des violettes. Elle le laisserait à nouveau dormir auprès d'elle, comme de son vivant. A présent qu'il avait franchi le mur de la mort, elle avait peur de le sentir à son côté, comme autrefois. Elle avait peur de dérober les poings à jamais fermés de « l'enfant » pour mieux réchauffer son corps glacé. Elle aurait voulu, après l'avoir vu métamorphosé en ciment, semblable à la statue de la peur renversée sur le limon, qu'on l'emportât loin, afin que la nuit il ne hantât pas son souvenir. Pourtant, on l'avait laissé à la même place, imperturbable, malheureux, avec pour seule nourriture l'humus des lombrics. Il lui fallait se résigner à le voir surgir de la profondeur des ténèbres, parce qu'invariablement, au réveil, elle ne pouvait s'empêcher de penser à « l'enfant » qui devait être en train de l'appeler du fond de son carré de terre pour qu'elle l'aidât à fuir cette mort absurde.

Mais maintenant, dans sa nouvelle vie, hors du temps et de l'espace, elle était plus tranquille. Elle savait que là-bas, dans son ancien monde, tout continuerait de fonctionner sur le même rythme, que l'aube n'était pas encore entrée dans la chambre et que ses objets, ses meubles, ses treize livres favoris, étaient à leur place. Et que, sur son lit abandonné, le parfum tapi dans le creux laissé par son corps de femme avait commencé à se dissiper. Comment « cela » avait-il pu se produire? Comment elle, beauté au sang peuplé d'insectes, traquée par la peur dans la nuit noire, avait-elle déserté l'immense cauchemar de l'insomnie pour pénétrer dans un monde étrange et inconnu où toutes les dimensions avaient été abolies? Alors, elle s'en souvint. Cette nuit-là – celle de son passage –, le froid était plus vif qu'à l'ordinaire et elle se trouvait seule dans la maison, martyrisée par l'insomnie. Nul ne troublait le silence, et le jardin exhalait d'effrayants effluves. Sur son corps, la sueur perlait comme du sang gorgé d'insectes qui eût soudain débordé de ses veines. Si au moins quelqu'un était passé dans la rue, avait crié, brisé l'atmosphère figée, si quelque chose avait frémi dans la nature, si la Terre avait recommencé à tourner autour du Soleil. Mais non. Les hommes stupides, endormis sous sa joue, à l'intérieur de l'oreiller, ne se réveillaient même pas. Elle était immobile. Une forte odeur de peinture fraîche se dégageait des murs, lourde, épaisse, de celles qui prennent à la gorge plus qu'elles ne flattent les narines. Et sur la table, l'unique réveil martelait le silence de sa mécanique mortelle. « Le temps. Oh, le temps... ! » soupira-t-elle, se souvenant de la mort. Là-bas, dans le jardin, sous l'oranger, « l'enfant » continuait à verser ses pleurs légers dans l'autre monde.

Elle fit appel à toutes ses croyances. Pourquoi en cet instant précis le jour ne se levait-il pas, ou pourquoi ne mourait-elle pas une fois pour toutes ? Jamais elle n'eût pensé que la beauté lui coûterait d'aussi grands sacrifices. En ce moment, comme toujours, sa beauté la faisait souffrir plus que la peur car les implacables bêtes qui y étaient tapies continuaient de la martyriser. Comme une araignée qui l'eût mordue rageusement, décidée à lui faire rendre l'âme, la mort adhérait à sa vie. Voilà pourquoi elle retardait l'ultime instant. Ses mains, que les hommes serraient stupidement, avec une nervosité animale, étaient inertes, paralysées par la frayeur, la terreur irrationnelle qui montait en elle, sans raison, tout simplement parce qu'elle se savait abandonnée dans cette vieille demeure. Elle tenta en vain de réagir. L'effroi s'était emparé d'elle et demeurait figé, tenace, presque matériel, semblable à un être invisible décidé à ne pas quitter la chambre. Mais ce qui l'inquiétait le plus était le caractère irraisonné, injustifié de sa peur, une peur à l'état brut, une peur en soi.

Sur sa langue, la salive s'était épaissie. Une gomme dure collait à ses dents, à son palais, descendait dans sa gorge sans qu'elle pût la retenir. Pour la première fois elle éprouvait un désir différent de la soif, un désir supérieur. L'espace d'un instant, elle en oublia sa beauté, son insomnie et sa frayeur absurde. Elle ne se reconnaissait plus. Elle crut un moment que tous les microbes sortaient de son corps, agglutinés dans la salive. Oui, et c'était bien ainsi. C'était bien que tous les insectes l'aient abandonnée car elle pourrait enfin dormir. Mais elle devait trouver un moyen de dissoudre cette résine qui empâtait sa langue. Si elle pouvait aller jusqu'au garde-manger et... Elle sursauta, surprise par la pensée qui venait de lui traverser l'esprit. Jamais elle n'avait éprouvé un tel désir. Le besoin d'une substance acide rendait tout à coup inutile la discipline fidèlement suivie depuis tant d'années, depuis qu'on avait enterré « l'enfant ». C'était stupide, mais l'idée de manger une orange l'avait jusqu'alors dégoûtée. Elle savait que « l'enfant » s'était hissé jusque dans les fleurs de l'oranger et que les fruits du prochain automne seraient gonflés de sa chair et rafraîchis par le froid terrible de sa mort. Elle ne pouvait pas manger d'orange parce qu'elle savait que partout dans le monde, sous chaque oranger, était enseveli un enfant qui adoucissait les fruits de ses os réduits en cendre. Et pourtant elle devait manger une orange, comme unique remède à l'étouffement provoqué par cette résine. Croire que « l'enfant » se trouvait à l'intérieur d'un fruit était absurde. Elle devait profiter de ce que la beauté avait cessé de la tourmenter pour aller jusqu'au garde-manger. Pour la première fois de sa vie elle éprouvait une véritable envie de savourer une orange. Elle rayonna de joie à l'idée de ce plaisir étrange. Jamais aucun besoin ne s'était fait aussi impérieux. Elle se lèverait, heureuse d'être enfin normale, irait jusqu'au garde-manger, fredonnant gaiement, comme une femme qui vient de renaître à la vie. Elle irait même dans le jardin et...

Ses pensées soudain se figèrent. Elle se rappela qu'elle avait tenté de se lever, qu'elle n'était plus dans son lit, que son corps avait disparu, que ses treize livres favoris ne se trouvaient plus à leur place, qu'elle n'était plus elle-même. Immatérielle, elle flottait, errait dans un néant absolu, transformée en un point amorphe, minuscule et désorienté. Ne pouvant préciser ce qui venait de lui arriver, elle se sentait perdue, eut le sentiment qu'on l'avait poussée dans le vide du haut d'un précipice, qu'elle s'était métamorphosée en un être abstrait, imaginaire, en une femme sans corps. Comme si elle avait soudain pénétré dans le monde éthéré et inconnu des esprits.

La peur la gagna de nouveau. Mais, cette fois, elle était différente. Ce n'était plus la peur des sanglots de « l'enfant » mais celle de l'étrangeté, du mystère, d'un univers inconnu et nouveau. Toutefois elle avait assisté à ce changement en toute innocence, en toute naïveté. Que dirait sa mère lorsqu'elle apprendrait la nouvelle en rentrant à la maison ? Elle pensa à l'affolement des voisins quand ils pousseraient la porte de sa chambre et découvriraient le lit vide et les serrures intactes indiquant que personne n'avait pu entrer ni sortir de la pièce d'où elle avait pourtant disparu. Elle imaginait parfaitement la scène. Les voisins accourraient, commenteraient à voix basse – certains avec méchanceté – sa disparition. Chacun raisonnerait à sa manière, tenterait de fournir l'explication la plus vraisemblable ou du moins la plus acceptable, tandis que sa mère, alarmée, se précipiterait dans les couloirs en criant son nom.

Pourtant elle serait là. Elle contemplerait l'événement de partout, dans ses moindres détails, dissimulée dans un recoin, sur le toit, dans les interstices des murs, dans l'angle le mieux situé, retranchée derrière son immatérialité sans dimension. Cette pensée l'inquiétait. Maintenant elle comprenait son erreur. Elle ne pourrait fournir aucune explication, ni éclaircir quoi que ce soit, ni consoler personne. Aucun être vivant ne pourrait deviner sa métamorphose. Alors que pour la première fois ils pouvaient lui être indispensables, elle n'avait plus ni bouche ni bras pour que tous sachent qu'elle était là, séparée du monde tridimensionnel par une infranchissable distance. Sa nouvelle vie était un isolement complet, une impossibilité totale d'éprouver la moindre sensation. Pourtant, à tout moment, elle sentait une vibration la parcourir, un frisson l'inonder comme pour lui signifier qu'un autre univers physique se mouvait en dehors du sien. Elle n'entendait pas, ne voyait pas, mais savait ce qu'étaient l'ouïe et la vue. Alors, dans l'éther de son monde supérieur, elle sentit un voile d'angoisse la recouvrir.

Il y avait une seconde à peine – pour notre monde temporel – que le passage avait eu lieu, de sorte qu'elle commençait à peine à entrevoir la nature de son nouvel univers. Autour d'elle tout n'était que ténèbres. Combien de temps demeurerait-elle dans cette obscurité? Devrait-elle s'y habituer à jamais? Son angoisse augmenta lorsqu'elle se sut plongée dans une brume épaisse et impénétrable. Peut-être s'agissait-il des limbes. Elle frissonna au souvenir de ce qu'elle avait entendu dire un jour à propos des limbes. Si réellement elle s'y trouvait, alors autour d'elle flottaient les esprits des enfants morts sans avoir été baptisés, de tous ceux qui depuis mille ans n'en finissaient pas de mourir. Elle chercha dans l'obscurité la présence de ces êtres sans nul doute plus purs et plus simples qu'elle, à jamais isolés du monde physique, condamnés à une éternelle existence de somnambules. Peut-être « l'enfant » était-il parmi eux et cherchait-il à rejoindre son corps.

Mais non. Pourquoi se trouverait-elle dans les limbes? Serait-elle morte? Non. Ce n'était qu'un changement d'état, un passage normal du monde physique à un monde plus simple, moins rude, où toutes les dimensions ont été abolies.

Les insectes sous sa peau ne la faisaient plus souffrir. Sa beauté n'était plus que ruines. Maintenant, dans ce milieu élémentaire, elle pouvait être heureuse... Enfin... presque car son plus cher désir, son désir de savourer une orange était devenu irréalisable. Satisfaire ce besoin d'acidité qui persistait après son passage était l'unique raison pour laquelle elle eût souhaité ne pas avoir quitté sa première vie. Elle tenta de s'orienter vers le garde-manger à seule fin de sentir près d'elle la fraîcheur et l'acidité des oranges. C'est alors qu'elle découvrit une nouvelle modalité de son univers. Elle était partout à la fois : dans le jardin, sur le toit, dans l'oranger de « l'enfant ». Elle se trouvait dans la totalité d'un au-delà matériel et cependant n'était nulle part. De nouveau elle s'inquiéta. Elle n'était plus maîtresse d'elle-même mais soumise à une volonté supérieure. Elle se trouvait inutile et absurde. Une tristesse inexplicable la gagna en même temps qu'une certaine nostalgie de la beauté qu'elle avait stupidement gâchée.

Pourtant une idée suprême lui redonna courage. N'avait-elle pas entendu dire que les esprits peuvent s'immiscer à leur gré dans n'importe quel corps?

Après tout, que perdrait-elle à essayer ? Elle évoqua les habitants de la maison afin de choisir celui qui pourrait être soumis à une telle épreuve. Si elle atteignait son but, elle pourrait enfin satisfaire son envie d'orange. Il lui revint en mémoire qu'à cette heure les domestiques étaient sortis et que sa mère n'était pas encore rentrée. Mais le besoin de manger une orange et la curiosité de se voir réincarnée dans un corps différent du sien la forçaient à agir au plus vite. Cependant, il n'y avait personne en qui se réincarner : la maison était vide. Il lui faudrait vivre à jamais isolée du monde extérieur, dans un univers sans dimension, privée de la saveur d'une orange. Elle seule était coupable. Plutôt que d'être anéantie à jamais, de se sentir aussi inutile qu'un animal vaincu, il eût mieux valu supporter quelques années encore cette beauté hostile. Mais il était trop tard.

Elle était sur le point de partir, déçue, pour une région éloignée de l'univers où elle pourrait oublier tous ses anciens désirs terrestres. Mais elle y renonça aussitôt, entrevoyant soudain, dans son milieu inconnu, la promesse d'un avenir meilleur. Il y avait dans la maison quelqu'un en qui se réincarner : le chat. Elle hésita. Il lui était difficile de se résigner à vivre à l'intérieur d'un animal. Son poil serait doux et blanc, et dans ses muscles, à l'instant du bond, se concentrerait une énergie nouvelle. La nuit, elle sentirait ses yeux briller comme deux braises vertes et découvrirait des dents aiguisées et blanches lorsque de tout son cœur elle adresserait à sa mère un bon et large sourire animal. Non. C'était impossible. Elle s'imagina soudain dans le corps du chat, en train d'errer dans les couloirs de la maison, de mouvoir quatre pattes encombrantes tandis que sa queue s'agiterait d'elle-même, sans rythme, indépendante de sa volonté. Comment serait la vie derrière ces yeux lumineux et verts ? La nuit, elle miaulerait vers le ciel afin qu'il ne déverse pas son ciment lunaire sur le visage de « l'enfant » étendu sur le dos, absorbant la rosée de ses lèvres entrouvertes. Une fois changée en chat peut-être aurait-elle toujours peur et ne pourrait-elle pas, de sa bouche carnivore, dévorer l'orange. Un frisson glacé, surgi des profondeurs, des racines mêmes de son esprit, parcourut sa mémoire. Non. Se réincarner dans un chat était impossible. Elle avait peur de sentir un jour sur son palais, dans sa gorge, dans tout son organisme quadrupède l'envie irrépressible de croquer une souris. Lorsque son esprit hanterait le corps du chat, elle n'éprouverait plus le désir de manger une orange, mais celui, répugnant, de croquer une souris. Elle frissonna en l'imaginant prisonnière de ses dents après la chasse, elle la sentit se débattre dans une ultime tentative de fuite, essayant de se libérer pour rejoindre son trou. Non. Tout plutôt que ça. Mieux valait demeurer à jamais dans le monde lointain et mystérieux des esprits.

Mais se résigner à vivre pour toujours dans l'oubli était difficile. Pourquoi devrait-elle éprouver l'envie de manger des souris ? Qui primerait dans cette symbiose de femme et de chat ? L'instinct animal et primitif du corps ou la pure volonté de la femme ? La réponse lui parvint, cristalline. Elle n'avait rien à craindre. Elle se réincarnerait en chat et mangerait l'orange tant désirée. De plus, elle serait un être étrange, un chat possédant l'intelligence d'une femme incomparablement belle. Elle redeviendrait le centre de toutes les attentions... Alors, pour la première fois, elle comprit qu'au-dessus de ses qualités primait sa vanité de femme métaphysique.

Tel un insecte en alerte dressant ses antennes, elle promena son énergie à travers toute la maison pour trouver le chat. A cette heure, il devait se trouver sur la cheminée et rêver qu'il se réveillerait une tige de valériane entre les dents. Mais il n'était pas là. Elle continua de le chercher, s'aperçut que la cheminée avait disparu, que la cuisine n'était plus la même, que les recoins de la maison lui étaient inconnus, que les renfoncements obscurs et couverts de toiles d'araignée n'existaient plus. Le chat n'était nulle part. Elle le chercha sur les toits, dans les arbres, au bord du ruisseau, sous le lit, près du garde-manger. Tout avait changé. Là où elle croyait trouver, à leur place habituelle, les portraits de ses ancêtres, il n'y avait qu'un flacon d'arsenic. Puis elle découvrit de l'arsenic dans toute la maison, qui n'était plus la maison. Pourquoi ses affaires étaient-elles recouvertes d'une couche de poussière? Qu'étaient devenus ses treize livres favoris? Le chat avait disparu. Elle se souvint de l'oranger dans le jardin et le chercha, voulant retrouver « l'enfant » dans son trou d'eau. Mais l'oranger avait également disparu, et « l'enfant » n'était qu'une poignée d'arsenic mêlée à de la cendre sous une lourde dalle de béton. Il dormait de son dernier sommeil. Tout était différent et la forte odeur d'arsenic qui imprégnait toute la maison agressait l'odorat, comme dans l'arrière-boutique d'une droguerie.

Alors, elle comprit que trois mille ans s'étaient écoulés depuis le jour où pour la première fois elle avait eu envie de manger une orange.

La douleur de trois somnambules

(1949)

Elle était là, auprès de nous, tapie dans un coin de la maison. Quelqu'un nous avait dit, avant que nous ne fassions apporter ses affaires – des vêtements fleurant le bois neuf, des chaussures trop fines pour la boue –, qu'elle ne pourrait s'habituer à cette vie lente qui avait oublié la douceur et n'offrait d'autre charme que cette dure solitude de ciment qui collait à son dos. Quelqu'un nous avait dit – et bien du temps s'écoula avant que cela ne nous revienne en mémoire – qu'elle aussi avait eu une enfance. Peut-être alors ne l'avions-nous pas cru. Mais à présent, en la voyant assise dans son coin, le regard étonné, un doigt sur les lèvres, nous nous faisions à l'idée qu'elle avait été une enfant, qu'un jour son toucher avait été sensible à la fraîcheur anticipée de la pluie, et qu'une ombre inattendue avait toujours escorté le profil de son corps.

Tout cela – et bien d'autres choses encore –, nous l'avons compris l'après-midi où nous nous sommes aperçus que par-delà ses effrayantes ténèbres, elle était tout à fait humaine. Nous en avons eu la révélation soudaine lorsqu'elle a commencé à pousser des cris angoissés, comme si en elle quelque cristal s'était brisé. Elle a commencé à nous appeler chacun par notre prénom, parlant entre ses larmes, jusqu'au moment où nous nous sommes assis auprès d'elle : alors nous nous sommes mis à chanter et à taper des mains, comme si nos cris pouvaient ressouder le cristal éparpillé. C'est à cet instant que nous avons cru à son enfance. Ses cris, pareils à l'évocation d'un arbre ou d'un fleuve profond, avaient quelque chose d'un aveu. Puis elle s'est levée, s'est penchée un peu vers l'avant et, sans songer à dissimuler son visage dans son tablier ni à se moucher, mais encore en larmes, elle nous a dit :

« Je ne sourirai plus. »

Nous sommes sortis tous les trois dans le jardin, sans dire un mot, peut-être parce que nous croyions penser la même chose. Peut-être avons-nous songé qu'il valait mieux ne pas éclairer la maison. Sans doute voulait-elle demeurer seule, assise dans son coin sombre, à nouer son ultime tresse qui semblait être la seule chose capable de survivre à son évolution vers une métamorphose bestiale.

Dehors, dans le jardin, submergés dans le profond brouillard des insectes, nous nous sommes assis pour penser à elle. Ce n'était pas la première fois. Nous aurions pu dire que nous étions en train de faire ce que nous avions fait chaque jour de notre vie.

Pourtant, ce soir-là, c'était différent : elle avait dit qu'elle ne sourirait plus et nous, qui la connaissions si bien, nous avions la certitude que le cauchemar était devenu réalité. Assis en triangle, nous l'évoquions, là-bas, dans la maison, absente, incapable de tout, même d'écouter les innombrables pendules qui battaient la mesure précise et cadencée de sa transformation en poussière. « Si du moins nous avions le courage de désirer sa mort », pensions-nous de concert. Mais nous la voulions ainsi : laide et glaciale, telle une contribution mesquine à nos défauts les plus intimes.

Nous étions des adultes depuis longtemps, depuis très longtemps. Cependant, c'était elle la plus âgée de la maisonnée. Ce soir-là, elle avait pu, assise auprès de nous, entourée de ses fils sains et forts, percevoir la pulsation rythmée des étoiles. Épouse d'un bon bourgeois ou concubine d'un homme ponctuel, elle eût fait une maîtresse de maison respectable. Mais elle s'était habituée à vivre dans une seule dimension, en ligne droite, incapable peut-être, de concevoir que l'on ne pût connaître à demi ses vices ou ses vertus. Depuis plusieurs années déjà, nous savions tout. Et lorsqu'un matin, après nous être levés, nous l'avons trouvée à plat ventre dans la cour, raide et immobile, mordant la poussière, nous n'en avons pas été étonnés. Elle nous avait alors regardés et nous avait souri. Tombée de la fenêtre du deuxième étage sur la terre battue de la cour, elle était demeurée là, raide, immobile, étalée de tout son long sur le sol humide. Plus tard, nous avons compris que sa mémoire n'avait retenu que la peur des distances et l'épouvante naturelle du vide. Nous l'avons soulevée par les épaules. Elle n'était pas raide comme nous l'avions cru tout d'abord. Au contraire, ses membres avaient gardé leur souplesse, mais ils étaient privés de toute volonté, comme ceux d'un mort encore tiède, avant que la rigidité ne le gagne.

Lorsque nous l'avons tournée face au soleil, ses yeux étaient ouverts, sa bouche pleine de cette terre qui devait avoir le goût du sédiment sépulcral, et ce fut comme si nous l'avions placée devant un miroir. Elle nous a regardés avec une expression éteinte et asexuée qui nous a révélé – je la tenais dans mes bras – l'ampleur de son absence. Quelqu'un nous a dit qu'elle était morte. Par la suite, elle a conservé ce sourire froid et tranquille qu'elle avait la nuit, autrefois, lorsqu'elle se promenait éveillée dans la maison. Elle nous a dit qu'elle ne savait pas comment elle était arrivée dans la cour, qu'indisposée par la chaleur elle avait entendu le chant aigu et strident d'un grillon qui semblait – ce furent ses mots – vouloir abattre le mur de sa chambre et que, la joue contre le sol en ciment, elle s'était souvenue des prières du dimanche.

Nous savions cependant qu'elle ne pouvait se souvenir d'aucune prière, de même que nous avons compris plus tard qu'elle avait perdu la notion du temps lorsqu'elle a déclaré s'être endormie en soutenant de l'intérieur le mur que le grillon poussait au-dehors, et qu'elle dormait profondément lorsque quelqu'un, l'attrapant par les épaules, avait écarté le mur pour la tourner face au soleil.

Ce soir-là, assis dans le jardin, nous savions qu'elle ne sourirait plus. Son air sérieux, son expression d'absence, sa manière obscure et volontaire de vivre dans son coin n'étaient peut-être qu'une douleur anticipée. Ils nous faisaient profondément souffrir, de même qu'elle nous avait fait souffrir le jour où nous l'avions vue s'asseoir dans son coin, qu'elle n'avait plus quitté. Nous l'avions entendue dire qu'elle ne déambulerait plus dans la maison. Au début, nous ne pouvions le croire. Nous l'avions vue, des mois durant, arpenter les pièces à n'importe quelle heure, la tête droite mais le dos voûté, sans s'arrêter, sans jamais se fatiguer. La nuit, nous entendions la sourde rumeur de son corps évoluer parmi les ombres, et peut-être nous est-il arrivé de rester éveillés dans le lit, écoutant son pas secret, le suivant, l'oreille aux aguets, dans toute la maison. Un jour, elle nous a dit qu'elle avait vu le grillon dans l'ovale du miroir, comme englouti par la transparence solide, et qu'elle avait traversé la surface de verre pour l'attraper. Nous ne savions pas, en vérité, ce qu'elle avait voulu nous dire, mais nous avons constaté que ses vêtements étaient mouillés, collés à son corps comme si elle sortait d'un bassin. Sans prétendre expliquer le phénomène, nous avons alors décidé d'en finir avec les insectes de la maison et de détruire les choses qui l'obsédaient.

Nous avons fait lessiver les murs, donné l'ordre de tailler les arbustes du jardin, et ce fut comme si nous avions nettoyé le silence nocturne de ses minuscules saletés. Nous ne l'avons plus entendue marcher ni parler des grillons jusqu'au jour où, après le souper, elle nous a regardés, s'est assise sur le ciment du sol, les yeux rivés sur nous, et nous a dit : « Je resterai assise ici. » Alors, nous avons frissonné en constatant qu'elle avait commencé à ressembler à quelque chose qui était presque identique à la mort.

Tout cela était maintenant un passé lointain et nous nous étions habitués à la voir là, ses cheveux à demi tressés, comme si elle s'était dissoute dans la solitude et avait perdu sa faculté naturelle, bien qu'encore visible, d'être présente. Nous savions maintenant qu'elle ne sourirait plus. Parce qu'elle l'avait dit du même ton ferme et convaincu qu'elle avait naguère employé pour nous annoncer qu'elle ne marcherait plus. D'une certaine manière, nous avions la certitude qu'un jour elle nous dirait : « Je ne verrai plus », ou « Je n'entendrai plus », et nous savions qu'elle était suffisamment humaine pour éliminer à volonté ses fonctions vitales et qu'un à un ses sens s'éteindraient d'eux-mêmes jusqu'au jour où nous la trouverions adossée au mur, comme endormie pour la première fois de sa vie. Peut-être nous faudrait-il attendre longtemps, mais tous les trois, assis dans le jardin, nous désirions ce soir surprendre ses sanglots de cristal brisé, aigus, déconcertants, pour avoir au moins l'illusion qu'une enfant était née dans la maison. Pour croire qu'elle était née une deuxième fois.

Dialogue dans le miroir

(1949)

Dans la pièce voisine, après avoir dormi de longues heures comme un ange, loin des préoccupations et des désillusions de l'aube récente, l'homme se réveilla alors que le soleil était déjà haut et que, par la fenêtre entrouverte, la rumeur de la ville envahissait la chambre tout entière. Il songea sans doute – à moins qu'un autre état d'âme ne se fût saisi de lui – à l'angoisse pesante de la mort, à sa peur absolue, à la poignée de terre – argile de lui-même – collée sous la langue de son frère. Mais le soleil joyeux qui éclairait le jardin ramena son attention vers une autre vie, plus ordinaire, plus terrestre et peut-être moins vraie que sa terrible existence intérieure. Vers sa vie d'homme qui lui rappela – sans qu'il tînt compte de son système nerveux et de son foie défaillant – l'irrémédiable impossibilité de dormir comme un bourgeois. Il pensa – l'enchevêtrement des chiffres appartenait, lui, sans aucun doute, à une mathématique toute bourgeoise – aux casse-tête chinois qui l'attendaient sur son bureau.

Huit heures douze. Je vais être en retard. Du bout des doigts, il caressa sa joue. La peau rêche, parsemée de poils durs, transmit à la pulpe de ses doigts la sensation d'une barbe drue. Puis, la paume entrouverte, il palpa soigneusement son visage distrait avec l'assurance sereine du chirurgien qui connaît le noyau de la tumeur, et de la surface molle jaillit, vers l'intérieur, la matière rigide d'une vérité qui, en d'autres occasions, eût anéanti son angoisse. Là, sous le bout de ses doigts – et au-delà de ses doigts, os après os –, son irrévocable condition anatomique ensevelissait un ensemble de composés chimiques, un dense univers de tissus, de mondes insignifiants qui le soutenaient, portant son enveloppe charnelle vers des hauteurs plus éphémères que la position naturelle et définitive de ses os.

Oui, sur l'oreiller, la tête enfoncée dans l'étoffe moelleuse, le corps étendu, les organes au repos, il trouvait à la vie une saveur horizontale, un confort mieux approprié à ses principes personnels. Il savait qu'en faisant l'effort minime de fermer les yeux, il pourrait effectuer, dans un climat détendu, sans bousculer le temps ni l'espace, le long et fastidieux travail qui l'attendait : sans imposer à cette aventure chimique qu'était son corps la souffrance de la moindre violence. Au contraire, en fermant les yeux, il faisait l'économie absolue de ses ressources vitales, obtenait une absence totale de détérioration organique. Son corps, baigné par l'eau du rêve, pouvait se mouvoir, vivre, évoluer vers d'autres formes d'existence où l'univers aurait, pour sa nécessaire intimité, une densité émotionnelle identique – sinon supérieure – à son besoin vital, lequel serait alors entièrement satisfait sans que son intégrité physique eût à en pâtir. La fréquentation des êtres et des choses en serait facilitée, quand bien même il agirait comme dans le monde réel. Se raser, prendre l'autobus, résoudre les équations du bureau serait, dans son sommeil, simple et sans problème, et à la longue lui procurerait la même satisfaction intime.

Oui, mieux valait pour agir user de cet artifice, comme il le faisait maintenant en cherchant l'emplacement du miroir dans la chambre éclaboussée de soleil. Comme il eût continué à le faire si en cet instant précis une machine lourde, brutale et absurde n'avait bouleversé la tiède substance d'un sommeil naissant. A présent, de retour dans le monde conventionnel, le problème revêtait sans nul doute un caractère plus grave. Toutefois, la curieuse théorie que venait de lui inspirer son prélassement voluptueux l'avait conduit sur la voie d'un certain bon sens, et à la surface de son corps il sentit ses lèvres s'étirer en une mimique pareille à un sourire involontaire. Il était las, bien qu'au fond il continuât de sourire. « Il faut que je me rase parce que dans vingt minutes je dois être plongé dans mes calculs. Huit pour me laver, cinq si je fais vite, sept pour le petit déjeuner. De vieilles saucisses au goût douteux. Le magasin de Mabel, épicerie-quincaillerie-bazar-vins et spiritueux. C'est comme la boîte de je-ne-sais-plus-qui. J'ai oublié le nom. (Le mardi, l'autobus tombe en panne et met sept minutes.) Pindore. Non. Peldore. Non, ce n'est pas ça. En tout, une demi-heure. Pas le temps. J'ai oublié le nom. Une boîte où l'on trouve de tout. Padore. Ça commence par un P. »

En peignoir devant le lavabo, le visage ensommeillé et bouffi, la barbe hirsute, il jeta un coup d'œil fatigué dans la glace. Un léger frisson le parcourut et le fit sursauter lorsqu'il découvrit dans son propre reflet le visage qu'avait son frère au saut du lit, avant sa mort. Même visage exténué, même regard qui n'en finissait pas de se réveiller.

Un nouveau mouvement envoya dans le miroir une quantité de lumière destinée à produire un effet agréable, mais le retour simultané des particules lui renvoya – contrariant ses objectifs – une moue grotesque. De l'eau. Un jet bouillant, torrentiel, exubérant, se mit à couler, et un nuage de vapeur épaisse et blanche s'interposa entre lui et le miroir. Alors – mettant à profit l'interruption –, il parvint d'un mouvement rapide à accorder son propre temps au temps intérieur du mercure.

Sur le ruban de cuir brilla un bord tranchant, un éclat de métal glacé, et une fois le nuage dissipé, il vit de nouveau l'autre visage, brouillé par des complications physiques et des lois mathématiques au milieu desquelles la géométrie expérimentait un type nouveau de volume, une forme concrète de lumière. Là, sous ses yeux, le visage palpitait au rythme de sa propre présence, transfiguré par un geste simultané d'une gravité souriante et moqueuse, penché de l'autre côté de la glace humide sur laquelle s'était concentrée la vapeur.

Il sourit. (Il sourit.) Se tira la langue. (Lui tira la langue.) Dans le miroir, celle de l'autre était jaune et pâteuse : « C'est le foie », diagnostiqua-t-il (geste sans paroles) avec une moue. Il sourit de nouveau. (Il sourit de nouveau.) Mais il comprit qu'il y avait quelque chose de stupide, d'artificiel, de faux, dans le sourire que l'autre lui renvoyait. Il passa sa main droite (gauche) dans ses cheveux et détourna immédiatement le regard (et disparut). Se planter devant un miroir et gesticuler comme un crétin lui semblait une conduite pour le moins étrange. Toutefois, il pensa que devant un miroir tout le monde devait en faire autant, et son indignation augmenta lorsqu'il acquit soudain la certitude que si le monde était peuplé de crétins, il ne faisait que payer son tribut à la vulgarité. Huit heures dix-sept.

Il savait qu'il devait se dépêcher s'il ne voulait pas être renvoyé de l'agence, depuis longtemps devenue le point de départ de ses funérailles quotidiennes.

Le savon, au contact du blaireau, avait soulevé une blancheur légère et bleutée sous laquelle s'estompaient ses préoccupations. C'était le moment où la mousse savonneuse pénétrait son corps, son réseau veineux, et facilitait ainsi la mise en route de la machine vitale... Redescendu sur terre, il lui parut plus commode de chercher dans son cerveau saponifié le nom auquel comparer l'épicerie de Mabel. Peldore. Le bric-à-brac de Mabel. Paldore. L'épicerie ou la quincaillerie de Mabel. Ou tout à la fois. Pindore.

La mousse floconnait en quantité suffisante, mais il continua de faire tournoyer le blaireau presque avec passion. Au spectacle puéril des bulles, il éprouva une joie transparente de grand enfant, qui lui alla droit au cœur, âpre et lourde, comme un alcool bon marché. Un nouvel effort dans la recherche de la syllabe eût suffi pour que le nom, brutal et dur, éclate et jaillisse à la surface liquide. Mais les petits morceaux épars et désarticulés refusaient de s'assembler pour recomposer la totalité organique du système et il décida de renoncer au mot : Paindore!

Il était temps d'abandonner cette vaine recherche parce que – tous deux levèrent les yeux et leurs regards se croisèrent – son frère jumeau, le blaireau mousseux, avait de sa main gauche – il l'imita de la droite – commencé à badigeonner son menton d'une fraîche bleublancheur, pour en recouvrir, avec douceur et précision, la partie pileuse. Il regarda de côté et surprit la géométrie obstinée des aiguilles voulant à tout prix résoudre un nouveau théorème angoissant : huit heures dix-huit. Il avançait avec trop de lenteur. De sorte que, décidé à en finir au plus vite, il ajusta le manche du rasoir à la mobilité de son auriculaire.

Il calcula qu'en trois minutes le travail serait terminé, leva son bras droit (gauche) à hauteur de son oreille droite (gauche), et se dit en passant que rien ne devait être plus difficile que de se raser comme était en train de le faire le reflet dans le miroir. Il effectua toute une série d'opérations compliquées pour calculer la vitesse de la lumière qui, presque simultanément, exécutait un aller et retour afin de reproduire chaque mouvement. Toutefois, après une lutte à peu près égale à la racine carrée de la vitesse qu'il aurait pu calculer, l'esthète l'emporta sur le mathématicien, et la pensée de l'artiste s'envola vers les mouvements de la lame qui vert-bleublanchissait sous l'éclat changeant de la lumière. Rapidement – le mathématicien et l'esthète avaient signé une trêve – il fit glisser la lame sur sa joue droite (gauche) jusqu'au milieu des lèvres, et constata avec satisfaction que la joue gauche de l'image apparaissait, nette, entre les bords mousseux.

Il n'avait pas fini de secouer son rasoir que, de la cuisine, monta un fumet de viande mijotée. Il sentit frémir ses papilles, et un flot de salive, légère et fluide, emplit sa bouche d'une énergique saveur de beurre fondu. Rognons en cocotte. Enfin il y avait du changement dans la maudite boutique de Mabel. Pardore. Non plus. Le bruit de ses déglutitions retentissant dans son oreille éveilla en lui le souvenir du tambourinement de la pluie, identique à celui qu'il avait entendu à l'aube. Il ne devait pas oublier ses bottes ni son imperméable. Rognons en cocotte, pas de doute.

De tous ses sens, aucun n'était plus trompeur que son odorat. Mais au-delà de son système sensoriel et quand bien même cette réjouissance n'eût été qu'un optimisme de sa glande pituitaire, le plus urgent était encore d'achever au plus vite sa toilette. Avec précision et légèreté – le mathématicien et l'artiste se montrèrent les dents – il fit glisser le rasoir vers l'avant (l'arrière), vers l'arrière (l'avant), jusqu'à la commissure droite (gauche) des lèvres, tandis que de la main gauche (droite) il caressait sa peau, facilitant ainsi le glissement de la lame métallique d'avant (arrière) en arrière (avant) et du haut (haut) vers le bas, et dans un identique halètement, ils achevèrent ensemble le travail.

Mais, l'opération presque terminée, alors que de sa main droite il passait un dernier coup de rasoir sur sa joue gauche, il vit son propre coude contre le miroir. Il le trouva énorme, étrange, inconnu, et observa en tressaillant que juste au-dessus de lui d'autres yeux, tout aussi grands, tout aussi inconnus, cherchaient, exorbités, la direction de l'acier. Quelqu'un essaie d'égorger mon frère. Un bras énergique. Du sang! C'est toujours la même chose quand je me rase trop vite.

Il chercha la coupure sur son visage, mais son doigt était propre et au toucher il ne découvrit ni écorchure ni entaille. Il sursauta. Sur sa peau il n'y avait pas trace de blessure mais de l'autre côté, dans le miroir, l'autre saignait légèrement. Accablé, il pensa que ses frayeurs nocturnes étaient en train de se reproduire et qu'à présent, face au miroir, il allait avoir la sensation, la conscience de son dédoublement. Il voyait son menton (rond : visages identiques) et la pilosité des fossettes qui exigeait une lame pointue. Il crut entrevoir une ombre de déconvenue troubler le geste hâtif de son reflet. Serait-il possible, étant donné la rapidité avec laquelle il se rasait – et le mathématicien s'empara de la situation –, que la vitesse de la lumière ne suffît pas à couvrir la distance pour enregistrer tous les mouvements? Pourrait-il, en se hâtant, devancer l'image du miroir, achever l'opération un mouvement avant elle? Ou se pourrait-il – et l'artiste, après une courte lutte, évinça le mathématicien – que l'image, devenue vivante, eût décidé – parce qu'elle vivait dans un temps plus simple – d'en finir plus lentement que le sujet extérieur?

Inquiet, il ouvrit le robinet d'eau chaude et sentit la vapeur soudaine, brûlante et épaisse, tandis que les éclaboussements de l'eau sur son visage parvenaient à ses oreilles comme une rumeur gutturale. Sur sa peau, l'agréable rugosité de la serviette propre lui arracha un soupir profond et satisfait d'animal hygiénique. Pandore! C'était ça le nom : Pandore.

Étonné, il regarda la serviette puis ferma les yeux, déconcerté, car de l'autre côté du miroir un visage identique au sien le regardait avec deux grands yeux stupides, une balafre violacée en travers de la joue.

Il rouvrit les yeux et sourit (sourit). Tout lui était égal. L'épicerie de Mabel était la boîte de Pandore.

La chaude odeur des rognons en cocotte, plus pressante, flatta ses narines. Et il sentit avec bonheur – un bonheur tangible – que dans sa tête un grand chien s'était mis à remuer la queue.

Des yeux de chien bleu

(1950)

C'est alors qu'elle m'a regardé. Pour la première fois, me semblait-il. Mais lorsqu'elle a contourné le chandelier et que j'ai senti glisser sur mes épaules et dans mon dos son regard velouté, j'ai compris que c'était moi qui la regardais pour la première fois. J'ai allumé une cigarette et j'ai avalé la fumée âcre et forte avant de faire pivoter ma chaise sur un des pieds arrière. Alors je l'ai vue. Elle se tenait là, comme toutes les nuits, debout devant le chandelier, m'observant. Pendant quelques minutes nous n'avons fait que cela : nous observer. Moi, de ma chaise en équilibre sur un pied arrière, elle, debout, sa longue main tranquille au-dessus du chandelier. Comme toutes les nuits, je voyais ses paupières illuminées. Alors, me souvenant soudain de la formule, j'ai murmuré : « Des yeux de chien bleu. » Elle m'a dit, sans retirer sa main du chandelier :

« C'est ça. Nous ne l'oublierons plus jamais. » Puis elle a changé de place et soupiré : « Des yeux de chien bleu. Je l'ai écrit partout. »

Je l'ai vue marcher vers la coiffeuse. Je l'ai surprise en train de me regarder dans la surface ronde du miroir après un mathématique aller et retour de lumière. Je l'ai vue me regarder encore de ses grands yeux de cendre brûlante tandis qu'elle ouvrait la petite boîte incrustée de nacre rose. Je l'ai vue se poudrer le nez, puis fermer le poudrier, se lever et enfin se diriger de nouveau vers le chandelier en disant : « Je crains que quelqu'un ne rêve de cette chambre et ne fouille dans mes affaires. » Elle a tendu au-dessus de la flamme la même main longue et tremblante qu'elle avait réchauffée avant de s'asseoir devant le miroir. Elle a dit : « Tu n'as pas froid ? » Et j'ai répondu : « De temps en temps. » Elle m'a dit : « Tu dois avoir froid en ce moment. » J'ai compris alors pourquoi je n'avais pu être seul sur ma chaise. C'était le froid qui me donnait la certitude de mon isolement. « En ce moment, oui, ai-je dit, et c'est curieux parce qu'il fait bon cette nuit. C'est peut-être mon drap qui a glissé. » Elle n'a pas répondu. Elle s'est de nouveau dirigée vers le miroir et j'ai fait pivoter mon siège afin de lui tourner le dos. Sans la voir, je savais ce qu'elle faisait. Je savais qu'elle était de nouveau assise devant la coiffeuse, qu'elle regardait mon dos qui avait eu le temps de traverser le miroir pour être dans l'axe de son regard, lequel à son tour avait eu le temps de le retraverser et de suivre – avant même que sa main ait eu le temps de renouveler le geste – le premier mouvement de ses doigts devant le miroir jusqu'aux lèvres maintenant maquillées de rouge. Devant moi, le mur lisse était comme un autre miroir, aveugle, dans lequel je ne la voyais pas – elle était assise derrière moi –, mais j'imaginais où elle eût été si à la place du mur il y avait eu un miroir. « Je te vois », ai-je dit. Et je l'ai vue sur le mur comme si elle avait levé les yeux et m'avait regardé dans le miroir, moi qui lui tournais le dos, assis sur mon siège, le visage face au mur. Puis je l'ai vue baisser de nouveau les yeux et, silencieuse, fixer du regard son corsage. J'ai répété : « Je te vois. » Elle a levé la tête. « C'est impossible », a-t-elle dit. Je lui ai demandé pourquoi. Et elle, les yeux de nouveaux rivés à son corsage : « Parce que tu regardes le mur. » Alors, j'ai fait pivoter ma chaise. Elle tenait une cigarette serrée entre ses lèvres. Lorsque je me suis retrouvé face au miroir, elle se tenait déjà à côté du chandelier. Ses mains, grandes ouvertes au-dessus de la flamme, ressemblaient à deux ailes déployées. Elle les réchauffait et ses doigts dessinaient une ombre sur son visage. « Je crois que je vais prendre froid, a-t-elle dit. Cette ville doit être glaciale. » Elle s'est tournée de profil, et sa peau couleur de cuivre doré est soudain devenue triste. « Fais quelque chose », ai-je dit. Elle a commencé à se déshabiller, ôtant un vêtement après l'autre, d'abord celui du haut, son corsage. J'ai dit : « Je vais me tourner vers le mur. – Ce n'est pas la peine, a-t-elle répondu, tu me verras de toute façon, puisque tu m'as vue quand tu me tournais le dos. » Elle n'avait pas fini sa phrase qu'elle était déjà presque nue. La flamme léchait sa fine peau cuivrée. « J'ai toujours désiré te voir ainsi, avec la peau de ton ventre creusée de fosses profondes, comme si l'on t'avait pétrie à la pointe d'un bâton. » Et avant même que je me rende compte que devant sa nudité mes paroles étaient devenues maladroites, elle s'est immobilisée pour se réchauffer à la flamme du chandelier. « Parfois, j'ai l'impression d'être faite de métal », a-t-elle dit. Elle est restée un instant silencieuse. Ses mains au-dessus de la flamme ont changé légèrement de position. J'ai dit : « Quelquefois, dans d'autres rêves, j'ai cru que tu n'étais qu'une statuette de bronze dans le coin d'un quelconque musée. C'est peut-être pour cela que tu as froid. » Et elle a dit : « Parfois, lorsque je m'endors du côté du cœur, je sens mon corps devenir creux et ma peau pareille à une feuille de métal. Alors, quand mon sang se met à battre et de ses coups martèle l'intérieur de mon ventre, je surprends ma sonorité de cuivre dans le lit. Comme si j'étais ce que tu viens de dire : une feuille de métal. » Elle s'est rapprochée un peu plus encore du chandelier. « J'aurais aimé t'entendre », ai-je dit. Et elle a répondu : « Si un jour nous nous rencontrons, pose ton oreille sur mon flanc lorsque je dormirai sur le côté gauche, et tu entendras mon écho. J'ai toujours désiré que tu le fasses un jour. » J'entendais sa respiration profonde tandis qu'elle parlait. Ensuite, elle a dit que pendant des années elle n'avait fait que cela, qu'elle avait consacré sa vie à me chercher dans le monde réel en prononçant ce mot de passe : « Des yeux de chien bleu. » Dans la rue, elle le disait à voix haute, comme pour signifier à la seule personne qui aurait pu la comprendre : « Je suis celle qui chaque nuit hante tes rêves et te répète : " Des yeux de chien bleu. " » Elle a raconté qu'elle entrait dans les restaurants et qu'avant de consulter la carte, elle murmurait aux serveurs : « Des yeux de chien bleu. » Mais ils répondaient par une révérence respectueuse, ne se souvenant pas avoir prononcé cette phrase en rêve. Ensuite, de la pointe d'un couteau, elle gravait dans le verni des tables, ou écrivait sur les serviettes : « Des yeux de chien bleu. » Et sur les vitres embuées des hôtels, des gares et de tous les lieux publics, elle écrivait du bout de l'index : « Des yeux de chien bleu. » Elle a dit qu'une fois elle était entrée dans une droguerie et avait senti une odeur semblable à celle qu'elle avait respirée une nuit dans sa chambre après avoir rêvé de moi. « Il doit être tout près », avait-elle pensé. Alors, elle s'était approchée du vendeur et lui avait dit : « Je rêve sans cesse d'un homme qui me dit : " Des yeux de chien bleu. " » Le vendeur, après l'avoir regardée bien en face, lui avait répondu : « En fait, mademoiselle, vos yeux sont comme ça. » Et elle avait répondu : « Je veux trouver l'homme qui me dit cette phrase dans mes rêves. » Le vendeur s'était mis à rire et s'était dirigé de l'autre côté du comptoir. En regardant le carrelage propre, elle avait senti l'odeur. Alors, elle avait ouvert son sac, s'était agenouillée, et avec son bâton de rouge elle avait écrit sur le sol, en grandes lettres vermillon : « Des yeux de chien bleu. » Le vendeur était revenu vers elle et lui avait dit : « Mademoiselle, vous avez sali le carrelage », et il lui avait tendu un chiffon humide en lui ordonnant : « Nettoyez-le. » Et elle a ajouté, toujours debout à côté du chandelier, qu'elle avait passé tout l'après-midi à quatre pattes pour laver le carrelage en répétant : « Des yeux de chien bleu », jusqu'au moment où des gens s'étaient massés devant la porte en déclarant qu'elle était folle.

Elle s'était tue et je me tenais toujours dans mon coin, assis en équilibre sur la chaise. « Tous les jours j'essaye de me rappeler la phrase pour te rejoindre, ai-je dit. Je crois que demain je ne l'oublierai pas. Pourtant, je dis toujours la même chose et en me réveillant j'oublie les mots qui me conduiront jusqu'à toi. – C'est toi-même qui les as inventés le premier jour », a-t-elle dit. Et j'ai répondu : « Je les ai inventés parce que j'ai vu tes yeux couleur de cendre. Mais, le lendemain matin, je ne m'en souvenais plus. » Et elle, les poings serrés au-dessus du chandelier, a poussé un profond soupir. « Si au moins je pouvais me souvenir maintenant dans quelle ville je les ai écrits. »

Ses dents serrées brillaient au-dessus de la flamme. « J'aimerais te toucher maintenant », ai-je dit. Elle a levé son visage qu'éclairait la chandelle, elle a levé ses yeux ardents qui s'embrasaient, comme elle, comme ses mains, et j'ai senti qu'elle me voyait, dans le coin où j'étais toujours assis et me balançais doucement. Elle m'a dit : « Jamais tu ne m'avais dit cela. – A présent je te le dis et c'est vrai », ai-je répondu. De l'autre côté du chandelier, elle m'a demandé une cigarette. Le mégot avait disparu de mes doigts. J'avais oublié que je fumais. Elle a repris : « Je ne sais pourquoi je ne peux me rappeler où je les ai écrits. » Alors je lui ai dit : « Pour la même raison qui m'empêchera demain de me souvenir de ces mots. » Et elle, tristement, a ajouté : « Non, parce que parfois moi aussi je crois que c'est un rêve. » Je me suis levé et j'ai marché vers le chandelier. Elle se trouvait légèrement en retrait et je me suis dirigé vers elle, les cigarettes et les allumettes à la main.

Je lui ai tendu une cigarette. Elle l'a serrée entre ses lèvres et s'est penchée au-dessus de la flamme avant que j'aie eu le temps de lui offrir du feu. « Dans une ville du monde, sur tous ses murs, doivent être écrits ces mots : " Des yeux de chien bleu ", ai-je dit. Si demain je m'en souviens, j'irai te chercher. » Elle a levé de nouveau la tête, la cigarette se consumant entre ses lèvres. « Des yeux de chien bleu », a-t-elle soupiré, se souvenant, la cigarette aux lèvres, les yeux mi-clos. Elle a avalé la fumée en portant ses doigts à la cigarette, et s'est écriée : « C'est différent. Maintenant j'ai un peu plus chaud. » Elle a prononcé ces mots d'une voix tiède et fuyante, non pas comme si elle les disait réellement, mais comme si elle les avait écrits sur un morceau de papier qu'elle eût approché de la flamme pendant que je lisais : « J'ai un peu... », le tenant entre le pouce et l'index, le tournant et le retournant tandis qu'il se consumait et que je lisais : « ... plus chaud », avant qu'il ne brûle tout à fait et tombe à terre, chiffonné, racorni, métamorphosé en une légère poussière cendrée. « C'est mieux comme ça, ai-je dit. Parfois, j'ai peur en te voyant trembler ainsi devant le chandelier. »

Nous nous voyions depuis plusieurs années. Lorsque nous étions ensemble, il arrivait que quelqu'un fasse tomber une petite cuillère pour que nous nous réveillions. Peu à peu, nous avions compris que notre amitié était subordonnée aux choses, aux événements les plus simples. Nos rencontres finissaient toujours de la même manière, lorsqu'à l'aube une petite cuillère tombait.

Maintenant, près du chandelier, elle me regardait. Je me souvenais qu'autrefois elle m'avait regardé de la même façon, dans ce rêve lointain où j'avais fait pivoter une chaise sur ses pieds arrière et m'étais retrouvé devant une inconnue aux yeux couleur de cendre. C'était dans ce rêve que je lui avais demandé pour la première fois : « Qui êtes-vous ? » Et elle m'avait répondu : « Je ne m'en souviens pas. – Je crois que nous nous sommes déjà vus », lui avais-je dit. Et elle, indifférente : « Je crois avoir une fois rêvé de vous et de cette chambre. » Et j'avais dit : « Oui. Je commence à m'en souvenir. – Comme c'est curieux. C'est vrai que nous nous sommes rencontrés dans d'autres rêves », avait-elle dit.

Elle a aspiré deux bouffées de fumée. J'étais encore debout devant le chandelier lorsque soudain je me suis immobilisé pour la regarder. Je l'ai regardée de la tête aux pieds : elle était toujours en cuivre, non pas en métal dur et froid, mais en cuivre doré, moelleux, malléable. « J'aimerais te toucher », ai-je dit. Et elle a répondu : « Tu gâcherais tout. – Quelle importance. Il suffira de retourner l'oreiller pour nous retrouver », ai-je répliqué en tendant la main au-dessus du chandelier. Elle n'a pas bougé. « Tu vas tout gâcher, a-t-elle dit avant même que je puisse la toucher. Si tu passes derrière le chandelier, nous nous réveillerons peut-être en sursaut Dieu seul sait dans quelle partie du monde. » Mais j'ai insisté : « Peu importe. » Et elle a dit : « Si on retournait l'oreiller, on se retrouverait. Mais en te réveillant, tu aurais tout oublié. » J'ai commencé à reculer vers mon coin. Elle est restée à l'écart, réchauffant ses mains au-dessus de la flamme. Je n'avais pas encore atteint la chaise lorsque je l'ai entendue dire dans mon dos : « Lorsque je me réveille au milieu de la nuit, je me retourne dans mon lit, la housse de l'édredon brûle mes genoux et je répète jusqu'à l'aube : " Des yeux de chien bleu. " »

Alors je suis resté face au mur. « Le jour va se lever, ai-je dit sans la regarder. Lorsque deux heures ont sonné, j'étais déjà réveillé et bien du temps a passé depuis. » Je me suis dirigé vers la porte. J'avais déjà la main sur la poignée lorsque j'ai entendu sa voix, identique, invariable : « N'ouvre pas cette porte, m'a-t-elle prévenu. Le couloir est plein de rêves difficiles. » Et je lui ai répondu : « Comment le sais-tu ? » Elle m'a répliqué : « Je m'y trouvais il y a quelques instants et j'ai dû revenir parce que j'ai découvert que je dormais sur le cœur. » La porte était entrebâillée. J'ai poussé un peu le battant et un air froid et vif m'a apporté une fraîche senteur d'humus, de campagne humide. Elle a parlé encore. Je suis revenu sur mes pas, j'ai refermé la porte aux gonds silencieux et je lui ai dit : « Je ne crois pas que dehors il y ait aucun couloir. Je sens l'odeur de la campagne. » Et elle, déjà lointaine, m'a rétorqué : « Je connais cet endroit mieux que toi. En fait, dehors, il y a une femme qui rêve de la campagne. » Elle a croisé les bras au-dessus de la flamme en ajoutant : « C'est la femme qui a toujours rêvé d'avoir une maison à la campagne et n'a jamais pu sortir de la ville. » Je me souvenais d'avoir vu cette femme dans un ancien rêve, mais la porte était déjà entrouverte et je savais que dans une demi-heure il me faudrait descendre pour le petit déjeuner. J'ai dit : « De toute façon, je dois sortir d'ici pour me réveiller. »

Dehors, le vent a agité un instant ses ailes et s'est tu. On entendait la respiration d'un dormeur qui venait de se retourner dans son lit. Le vent de la campagne avait cessé de souffler et les odeurs avaient disparu. « Demain, je te reconnaîtrai à cela, ai-je dit. Je te reconnaîtrai lorsque je verrai dans la rue une femme écrire sur les murs : " Des yeux de chien bleu. " » Et elle, avec un sourire triste qui était déjà un sourire résigné à l'impossible, à l'insaisissable, a dit : « Pourtant, pendant la journée, tu ne te souviendras de rien. » Elle a tendu de nouveau les mains au-dessus du chandelier, le visage assombri par un brouillard amer : « Tu es le seul homme qui, en s'éveillant, n'a aucun souvenir de ce qu'il a rêvé. »

La femme qui venait à six heures

(1950)

Le battant de la porte s'ouvrit. A cette heure, le restaurant était vide. Six heures venaient de sonner et l'homme savait que les habitués ne commenceraient à arriver qu'à six heures trente. Sa clientèle était à ce point coutumière et régulière qu'une femme poussa la porte, ponctuelle comme chaque jour, et s'assit sans mot dire sur le haut tabouret tournant alors que la pendule n'avait pas fini de sonner les six coups. Elle avait aux lèvres une cigarette qui n'était pas encore allumée.

« Bonjour, ma reine », dit José en la voyant s'asseoir.

Puis il se dirigea vers l'autre extrémité du comptoir, en passant un chiffon sec sur la surface vitrée. Chaque fois que quelqu'un entrait, José répétait son geste. Même devant la femme à qui le liait une certaine amitié, le patron, rubicond et gras, jouait sa comédie quotidienne d'homme diligent. De l'autre bout du comptoir, il dit :

« Qu'est-ce que tu veux aujourd'hui ?

– D'abord je veux t'apprendre à être un gentleman », dit la femme.

Elle était assise à l'extrémité de la rangée de tabourets tournants, accoudée au comptoir, la cigarette éteinte entre ses lèvres. Elle avait parlé les lèvres serrées afin que José la remarque.

« Je n'avais pas fait attention, dit José.

– Tu ne fais jamais attention à rien », dit la femme.

L'homme posa le chiffon sur le comptoir, se dirigea vers les étagères grisâtres qui sentaient le goudron et le bois poussiéreux, et revint avec une boîte d'allumettes. La femme se pencha vers la flamme qui brûlait au creux des mains épaisses et velues de l'homme. José vit l'abondante chevelure à laquelle une brillantine bon marché donnait des reflets bleu acier. Il regarda l'épaule découverte au-dessus du corsage à fleurs et la naissance d'un sein crépusculaire tandis que la femme relevait la tête, la cigarette embrasée entre ses lèvres.

« Tu es belle aujourd'hui, ma reine, dit José.

– Arrête de dire des bêtises, dit la femme. Ce n'est pas pour ça qu'aujourd'hui je vais te payer.

– Je n'ai pas voulu dire ça, ma reine, dit José.

Je parie qu'aujourd'hui t'as pas digéré ton déjeuner. »

La femme avala une première bouffée de fumée dense, croisa les bras sur le comptoir et regarda la rue par la large vitre du restaurant. Son visage reflétait la mélancolie. Une mélancolie usée et vulgaire.

« Je vais te préparer un bon bifteck, dit José.

– Je suis sans un, dit la femme.

– Ça fait trois mois que tu es sans un et ça ne m'empêche pas de te préparer chaque fois quelque chose de bon, dit José.

– Aujourd'hui, c'est pas pareil, dit la femme d'une voix grave, les yeux tournés vers la rue.

– C'est tous les jours pareil, dit José. Tous les jours, quand la pendule sonne six heures, tu entres et tu dis que tu as une faim de loup et je te prépare quelque chose de bon. La seule différence, c'est qu'aujourd'hui tu ne dis pas que tu as une faim de loup mais que c'est pas pareil.

– C'est vrai », dit la femme.

Elle tourna la tête pour regarder l'homme en train de fouiller dans le réfrigérateur de l'autre côté du comptoir. Elle le contempla pendant deux ou trois secondes, puis regarda la pendule au-dessus du placard. Il était six heures trois minutes.

« C'est vrai, José. Aujourd'hui c'est pas pareil... »

Elle exhala la fumée et continua de parler à petits mots entrecoupés, passionnés.

« Ce soir, je ne suis pas arrivée à six heures. C'est pour ça que c'est pas pareil. »

L'homme regarda la pendule.

« Je mets ma main au feu que cette pendule ne retarde pas d'une minute, dit-il.

– La question n'est pas là, José. Aujourd'hui je ne suis pas venue à six heures, dit la femme. Je suis venue à six heures moins le quart.

– Six heures viennent de sonner, ma reine, dit José. Quand tu es entrée, elles venaient de sonner.

– Ça fait un quart d'heure que je suis ici », dit la femme.

José alla se planter devant elle. Il approcha son énorme visage congestionné de celui de la femme et d'un doigt tira sur la paupière inférieure.

« Mon œil », dit-il.

La femme rejeta la tête en arrière. Elle était grave, fatiguée, apathique, auréolée d'un nuage de tristesse et de lassitude.

« Écrase, José. Tu sais que je ne bois plus depuis six mois.

– A d'autres, dit José. Moi, je parie qu'à vous deux vous avez descendu au moins une bouteille.

– J'ai bu deux verres avec un ami, dit la femme.

– Comme ça, je comprends, dit José.

– Il n'y a rien à comprendre, dit la femme. Ça fait un quart d'heure que je suis ici. »

L'homme haussa les épaules.

« Bon, d'accord, ça fait un quart d'heure que tu es là, dit-il. Après tout, dix minutes de plus ou de moins, tout le monde s'en fout.

– Non, tout le monde ne s'en fout pas », dit la femme. Et elle allongea ses bras sur la surface vitrée du comptoir avec un air d'abandon négligé, puis elle dit : « C'est pas que ça me fasse plaisir, mais ça fait un quart d'heure que je suis ici. » Elle regarda une nouvelle fois la pendule et rectifia :

« Qu'est-ce que je raconte? Ça fait vingt minutes.

– D'accord, ma reine, dit l'homme. Je donnerais un jour et une nuit pour te voir contente. »

Pendant ce temps, José n'avait cessé de s'agiter derrière le comptoir, un objet par-ci un objet par-là. Il était dans son rôle.

« Je veux que tu sois contente », répéta-t-il. Il s'immobilisa brusquement et, se tournant vers la femme :

« Tu sais que je t'aime beaucoup? »

La femme le regarda avec froideur.

« Ouiii? Sans blague! Tu crois que je resterais avec toi pour un million de pesos?

– Je n'ai pas voulu dire ça, ma reine, dit José. Je parie que t'as pas digéré ton déjeuner.

– Ça n'a rien à voir, dit la femme. (Sa voix se fit moins insolente.) C'est qu'aucune femme ne voudrait d'un balourd comme toi, même pour un million de pesos. »

José rougit. Il tourna le dos à la femme et se mit à épousseter les bouteilles sur les étagères. Il parla sans se retourner.

« Tu es insupportable aujourd'hui, ma reine. Vaut mieux que tu manges ton bifteck et que tu ailles te coucher.

– Je n'ai pas faim », dit la femme.

Elle regarda de nouveau la rue, les piétons nébuleux dans la ville crépusculaire. Dans le restaurant, un silence gêné s'installa, une quiétude à peine interrompue par le tintouin de José dans le placard. Soudain, la femme cessa de regarder la rue et dit d'une voix éteinte, tendre, différente :

« C'est vrai que tu m'aimes, Pepillo?

– Oui, c'est vrai, dit José sèchement, sans la regarder.

– Même après ce que je t'ai dit?

– Qu'est-ce que tu m'as dit? dit José sans la moindre inflexion de voix, sans un regard.

– Le million de pesos, dit la femme.

– J'avais oublié, dit José.

– Alors, tu m'aimes?

– Oui », dit José.

Il y eut une pause. José continua de s'agiter devant les étagères, le dos tourné. Elle exhala une autre bouffée de fumée, appuya le buste sur le comptoir, puis, avec prudence et malice, elle mordit la pointe de sa langue avant de demander, presque du bout des lèvres :

« Même si je ne couche pas avec toi? »

Alors José se retourna pour la regarder.

« Je t'aime tellement que je n'ai pas besoin de coucher avec toi », dit-il. Puis il s'approcha et la contempla, immobile, ses bras puissants posés devant elle sur le comptoir. Il la regarda droit dans les yeux et dit : « Je t'aime tellement que je pourrais tuer l'homme qui couche avec toi chaque après-midi. »

La femme sembla d'abord perplexe, puis elle regarda l'homme avec une expression attentive, entre la pitié et la raillerie. Enfin, déconcertée, après un bref silence, elle éclata d'un rire bruyant.

« Tu es jaloux, José! C'est merveilleux, tu es jaloux! »

José vira à l'écarlate, en proie à un accès de timidité sincère, presque insolente, comme un enfant à qui l'on aurait soudain révélé tous les secrets. Il dit :

« Aujourd'hui, tu ne comprends rien à rien, ma reine. » Et il épongea sa sueur avec le chiffon. « Ta mauvaise vie te rend stupide », dit-il.

Mais la femme avait changé d'expression.

« Alors, c'est pas vrai », dit-elle, et elle le fixa de nouveau, un étrange éclat dans son regard qui devint tourmenté et soupçonneux :

« Tu n'es pas jaloux... ?

– D'une certaine façon, si, dit José. Mais pas comme tu le crois. »

Il glissa un doigt sous son col pour le desserrer, continua de s'éponger, le cou cette fois, avec le chiffon.

« Alors ? dit la femme.

– C'est que je t'aime tellement que je ne peux pas souffrir que tu fasses ça.

– Ça quoi ? dit la femme.

– Ça, d'aller tous les jours avec un type différent, dit José.

– C'est vrai que tu le tuerais pour qu'il ne couche pas avec moi ? dit la femme.

– Pour qu'il ne couche pas avec toi, non, dit José. Je le tuerais parce qu'il a couché avec toi.

– C'est pareil », dit la femme.

La conversation avait pris une tournure sérieuse et tendue. La femme parlait d'une voix douce, feutrée : fascinée. Son visage était presque collé à celui, pacifique et éclatant de santé, de l'homme qui demeurait immobile, comme ensorcelé par l'aura des mots.

« Tout ce que je dis c'est vrai, dit José.

– Alors, dit la femme, et elle tendit une main pour caresser le bras rugueux de l'homme pendant que, de l'autre, elle jetait son mégot... Alors tu serais capable de tuer un homme?

– A cause de ce que je t'ai dit, oui », dit José. Et sa voix s'enfla d'un accent presque dramatique.

La femme éclata d'un rire nerveux, dans l'intention évidente de le blesser.

« Quelle horreur, José, quelle horreur, dit-elle, sans pouvoir s'arrêter de rire. José pourrait tuer un homme. Qui aurait dit que derrière ce gros bigot qui ne me fait jamais payer, qui tous les jours me fait cuire un bifteck et qui s'amuse à parler avec moi jusqu'à ce que j'aie dégoté un type, se cache un assassin? Quelle horreur, José, tu me fais peur! »

José était perdu. Peut-être éprouvait-il quelque indignation. Peut-être s'était-il senti trahi lorsque la femme s'était mise à rire.

« Idiote, tu es complètement soûle, dit-il. Va te coucher. Tu ne dois même pas avoir envie de manger. »

Mais la femme avait cessé de rire et, accoudée

au comptoir, était redevenue grave et pensive. Elle vit l'homme s'éloigner. Elle le vit ouvrir le réfrigérateur et le refermer, sans rien en sortir. Elle le vit frotter la surface brillante, comme au début. Alors, sur le même ton attendrissant et doux qu'elle avait employé pour lui dire : « C'est vrai que tu m'aimes, Pepillo ? » elle l'interpella :

« José. »

L'homme ne lui jeta pas même un regard.

« José !

– Va te coucher, dit José. Et prends un bain avant de te mettre au lit, ça te dessoûlera.

– Sérieusement, José, dit la femme. Je ne suis pas soûle.

– Alors tu es devenue idiote, dit José.

– Viens ici, il faut que je te dise quelque chose », dit la femme.

L'homme s'approcha, hésitant entre la complaisance et la méfiance.

« Approche ! »

Il se planta de nouveau devant elle. Elle se pencha en avant, le saisit vigoureusement par les cheveux, en un geste d'évidente tendresse.

« Répète ce que tu as dit au début, dit-elle.

– Quoi ? dit José. (Agrippé par les cheveux, la tête en avant, il s'efforçait de la regarder.)

– Que tu pourrais tuer un type qui aurait couché avec moi, dit la femme.

– Je pourrais tuer un type qui aurait couché avec toi, ma reine, c'est vrai », dit José.

La femme le lâcha.

« Et tu me défendrais si c'était moi qui l'avais tué », dit-elle avec assurance, repoussant d'un geste de coquetterie brutale l'énorme tête de porc de José. L'homme ne répondit rien. Il sourit.

« Réponds-moi, José, dit la femme. Tu me défendrais si c'était moi qui l'avais tué?

– Ça dépend, dit José. C'est moins facile à dire qu'à faire, tu sais.

– Tu es le seul en qui la police ait confiance », dit la femme.

José sourit, digne, satisfait. La femme se pencha de nouveau vers lui, par-dessus le comptoir.

« C'est vrai, José. Je parie que tu n'as jamais dit un seul mensonge de ta vie.

– Pour ce que ça rapporte, dit José.

– Justement dit la femme. La police le sait et croit tout ce que tu lui racontes sans te poser deux fois la question. »

José se mit à tapoter le comptoir devant elle. Il ne savait pas quoi lui répondre. La femme regarda une fois encore la rue. Elle regarda la pendule et changea de ton, comme si elle voulait conclure la conversation avant l'arrivée des premiers habitués.

« Pour moi tu dirais un mensonge, José? dit-elle. Vraiment? »

Alors José la regarda, brusquement, profondément, comme si une idée terrible avait germé dans sa tête, une idée qui entra par une oreille, tournoya un moment dans son crâne, vague, confuse, et sortit par l'autre, ne lui laissant à peine qu'un vestige d'épouvante.

« Dans quelle salade est-ce que tu t'es fourrée, ma reine ? » dit José.

Il se pencha en avant, bras croisés sur le comptoir. La femme sentit la forte odeur d'ammoniac de son souffle que la pression du comptoir sur son estomac rendait difficile.

« Ça oui, c'est du sérieux, ma reine. Dans quelle salade est-ce que tu t'es fourrée ? »

La femme détourna la tête.

« Dans aucune, dit-elle. Je parlais pour dire quelque chose. »

Puis elle le regarda.

« Tu sais que tu n'auras peut-être besoin de tuer personne.

– Je n'ai jamais pensé tuer quelqu'un, dit José, décontenancé.

– Non, bien sûr, dit la femme. Je veux dire personne qui ait couché avec moi.

– Ah, dit José. Maintenant, c'est clair. J'ai toujours pensé que tu n'avais pas besoin de vivre comme ça. Si tu laisses tomber, je te donnerai gratis tous les jours le plus gros bifteck.

– Merci, José, dit la femme. Mais c'est pas pour ça. C'est que plus jamais je pourrai coucher avec quelqu'un.

– Tu recommences à tout embrouiller, dit José. (Il commençait à s'impatienter.)

– Je n'embrouille rien du tout », dit la femme.

Elle s'étira sur le tabouret et José vit ses seins plats et tristes sous le corsage.

« Demain, je pars et je te jure que je ne t'embêterai plus jamais.

– Et d'où vient cette fièvre subite? dit José.

– Je l'ai décidé il y a un instant, dit la femme. Tout à l'heure, je me suis brusquement rendu compte que c'était dégoûtant. »

José reprit son chiffon et se remit à frotter le verre à côté d'elle. Il parla sans la regarder.

« Évidemment, de la façon que tu le fais, c'est dégoûtant. Il y a belle lurette que tu aurais dû t'en apercevoir.

– Ça fait un bout de temps que je m'en suis aperçue, dit la femme. Mais je viens seulement de m'en convaincre. Les hommes me dégoûtent. »

José sourit, leva les yeux pour la regarder et la vit songeuse, perplexe, la tête rentrée dans les épaules. Elle faisait pivoter le tabouret avec une expression taciturne et son visage était comme doré par un emplâtre automnal prématuré.

« Tu ne crois pas qu'on devrait laisser tranquille une femme qui a tué un homme parce qu'après avoir couché avec lui elle sent qu'il la dégoûte, que tous ceux qui ont couché avec elle avant la dégoûtent ?

– C'est pas la peine de chercher midi à quatorze heures, ma reine, dit José, ému, un filet de pitié dans la voix.

– Et si la femme dit à l'homme qu'il la dégoûte en le voyant se rhabiller parce qu'elle se souvient qu'elle s'est vautrée avec lui tout l'après-midi et qu'elle sent que ni le savon ni le crin ne pourront faire disparaître son odeur ?

– Ce sont des choses qui arrivent, ma reine, dit José, plutôt indifférent, sans cesser de frotter son comptoir. C'est pas la peine de le tuer. Faut simplement le laisser partir. »

Mais la femme continuait à parler et sa voix était un flot uniforme, débridé, passionné.

« Et si, quand la femme lui dit qu'il la dégoûte, l'homme arrête de s'habiller et se précipite de nouveau sur elle pour l'embrasser et que...

– Aucun homme ne ferait ça, dit José.

– Mais, et s'il le faisait ? dit la femme, avec une anxiété exaspérante. Si l'homme n'est pas correct et qu'il le fait et qu'alors la femme éprouve un dégoût à en mourir et sait que la seule façon d'en finir avec tout ça, c'est de lui filer un coup de surin par en dessous?

– C'est épouvantable, dit José. Heureusement, aucun homme ne ferait ce que tu dis.

– Bon, bon, d'accord, dit la femme, maintenant tout à fait exaspérée. Mais s'il le faisait? Imagine qu'il le fasse.

– De toute façon, on n'en est pas là », dit José. Il continuait d'essuyer le comptoir, sans bouger, moins attentif à la conversation.

La femme tapota le verre, les doigts repliés. Elle reprenait de l'assurance, redevenait elle-même.

« Tu n'es qu'un pauvre type, dit-elle. Tu ne comprends rien à rien. (Elle l'attrapa avec force par une manche.) Allez, dis oui, dis que la femme devait le tuer.

– D'accord, dit José, conciliant. C'est comme tu voudras.

– C'est pas de la légitime défense, ça? » dit la femme en le secouant par la manche.

José lui adressa un regard tiède et complaisant.

« Presque, presque », dit-il. Et il lui cligna de l'œil, en un geste qui signifiait à la fois une compréhension cordiale et une complicité terrible. Mais la femme était toujours sérieuse. Elle le lâcha.

« Tu mentirais pour défendre une femme qui aurait fait ça? dit-elle.

– Ça dépend, dit José...

– Ça dépend de quoi? dit la femme.

– Ça dépend de la femme, dit José.

– Supposons que c'est une femme que tu aimes beaucoup, dit la femme. Pas parce que tu es avec elle, tu le sais bien, mais parce que tu l'aimes beaucoup, comme tu l'as dit tout à l'heure.

– D'accord, comme tu voudras, ma reine », dit José en baissant les bras, fatigué.

Il s'éloigna de nouveau. Il avait regardé la pendule et vu qu'il allait être six heures et demie. Il pensa que dans quelques minutes le restaurant commencerait à se remplir et il se mit à frotter la vitre du comptoir avec plus de vigueur, regardant la rue par la fenêtre. La femme était toujours sur le tabouret, silencieuse, méditative, contemplant avec un air de tristesse accusée les mouvements de l'homme. Elle le regardait comme une lueur qui s'éteint tout doucement pourrait regarder un homme. Soudain, sans crier gare, elle se remit à parler, la voix chargée de mansuétude.

« José! »

L'homme eut un regard bovin, maternel, plein d'une tendresse profonde et triste. Il leva les yeux vers elle non pas pour mieux l'écouter mais simplement pour la voir, pour s'assurer qu'elle était là et attendait son regard qui n'avait aucune raison d'être protecteur ou solidaire. Un regard à peine amusé.

« Je t'ai dit que je partais demain et tu ne m'as rien répondu, dit la femme.

– Non, dit José, parce que tu ne m'as pas dit où tu allais.

– Loin, dit la femme. Là où il n'y a pas d'hommes qui veulent coucher avec une femme. »

José se remit à sourire.

« Alors, c'est vrai que tu pars ? demanda-t-il, comme si la vie, reprenant soudain le dessus, modifiait l'expression de son visage.

– Ça dépend de toi, dit la femme. Si tu sais à quelle heure je suis arrivée, demain je pars et plus jamais je ne ferai ce que je fais. Ça te va comme ça ? »

José eut un geste affirmatif, souriant et concret. La femme se pencha vers lui.

« Si un jour je reviens ici, et que je trouve une autre femme en train de parler avec toi, à cette heure et sur ce tabouret, je serai jalouse.

– Si tu reviens, il faudra que tu me rapportes quelque chose, dit José.

– Je te promets de chercher partout le petit ours mécanique pour te le rapporter », dit la femme.

José sourit et agita son chiffon en l'air comme s'il nettoyait un invisible carreau entre lui et la femme. Celle-ci sourit et eut un geste cordial et coquet. Puis l'homme s'éloigna sans cesser de frotter son comptoir.

« Hein ? dit-il sans la regarder.

– Si on te demande à quelle heure je suis arrivée, tu répondras à six heures moins le quart, dit la femme.

– Pourquoi ? dit José, le regard toujours ailleurs, comme s'il l'avait à peine entendue.

– Ça n'a pas d'importance, dit la femme. Le principal c'est que tu le dises. »

José vit le premier habitué pousser le battant de la porte et se diriger vers une table dans un coin. Il regarda la pendule. Il était exactement six heures et demie.

« D'accord, ma reine, dit-il distraitement. Comme tu voudras. Je fais toujours ce que tu veux.

– Bon, dit la femme. Alors prépare-moi le bifteck. »

L'homme se dirigea vers le réfrigérateur, en sortit une assiette avec de la viande et la posa sur la table. Puis il alluma le réchaud.

« Je vais te préparer un bon bifteck d'adieu, ma reine, dit-il.

– Merci, Pepillo », dit la femme.

Elle demeura pensive, comme si elle s'était soudain abîmée dans un monde étrange, peuplé de formes nébuleuses et inconnues. De l'autre côté du comptoir, elle n'entendit pas le bruit de la viande fraîche tomber dans le beurre fondu. Elle n'entendit pas le grésillement sec de la friture lorsque José retourna le morceau de filet dans la poêle, mais l'odeur succulente emplit peu à peu tout le restaurant. La femme ne bougea pas, perdue au plus profond de ses pensées. A la fin, elle leva la tête et cilla, comme si elle se réveillait d'une mort passagère. Alors elle vit l'homme près du réchaud, éclairé par la flamme qui s'élevait, joyeuse.

« Pepillo !

– Hein ?

– A quoi penses-tu ? dit la femme.

– Je me demandais si tu pourras trouver quelque part le petit ours mécanique, dit José.

– Mais oui, bien sûr. Mais je veux que tu me dises si pour mon départ tu me donneras tout ce que je te demanderai. »

Debout devant le réchaud, José la regarda.

« Combien de fois il faut que je te le dise ? dit-il. Tu veux quelque chose en plus du meilleur bifteck ?

– Oui, dit la femme.

– Quoi ? dit l'homme.

– Je veux un autre quart d'heure. »

José se pencha en arrière pour jeter un œil à la pendule. Il regarda ensuite le client silencieux qui attendait dans son coin, et finalement la viande qui dorait dans la poêle. Alors il dit :

« Je ne comprends pas, ma reine.

– Ne sois pas stupide, José, dit la femme. Souviens-toi que je suis ici depuis cinq heures et demie. »

Nabo,
Le Noir qui a fait attendre les anges

(1951)

Nabo était à plat ventre dans l'herbe morte. Il sentait l'odeur d'urine de l'écurie coller à son corps. Il sentait sur sa peau grise et brillante la tiédeur des derniers chevaux, mais il ne sentait pas sa peau. Nabo ne sentait plus rien. Comme si le coup de sabot sur son front l'avait endormi, ne lui laissant qu'une unique sensation qui se dédoublait et lui transmettait à la fois l'odeur de la paille humide et l'infini chuchotis des insectes invisibles dans la paille. Il ouvrit les yeux, les referma et demeura allongé, immobile et raide, dans la position qu'il avait occupée tout l'après-midi, se sentant grandir en dehors du temps, jusqu'au moment où une voix dit, derrière lui : « Allons, Nabo. Tu as assez dormi. » Il se retourna mais ne vit pas les chevaux. Pourtant, la porte était fermée. Nabo pensa sans doute que les bêtes étaient quelque part dans l'obscurité, bien qu'il n'entendît pas leurs ruades impatientes. Il crut que celui qui parlait se trouvait dehors parce que la porte de l'écurie était fermée et le loquet enclenché. Dans son dos, la voix répéta : « Allons, Nabo. Tu as assez dormi. Ça fait au moins trois jours que tu dors... » Alors Nabo ouvrit tout à fait les yeux et se souvint : « Je suis ici parce qu'un cheval m'a donné un coup de pied. »

Il n'avait aucune idée de l'heure. Les jours étaient restés derrière lui. Comme si quelqu'un avait effacé avec une éponge humide ces lointains samedis, lorsque le soir il se rendait sur la place du village. Il avait oublié qu'il portait une chemise blanche. Il avait oublié qu'il avait un chapeau vert, de paille verte, et un pantalon noir. Il avait oublié qu'il n'avait pas de chaussures. Nabo allait sur la place du village le samedi soir et s'asseyait dans un coin, silencieux, non pour écouter la musique mais pour voir le Noir. Il le voyait tous les samedis. Le Noir portait, accrochées à ses oreilles, des lunettes à monture d'écaille, et il jouait du saxophone derrière un des pupitres du fond. Nabo voyait le Noir, mais le Noir ne voyait pas Nabo. Si quelqu'un avait vu Nabo se rendre tous les samedis soir sur la place du village pour regarder le Noir et lui avait demandé – pas maintenant car il ne s'en souvenait plus – si le Noir l'avait vu ne fût-ce qu'une seule fois, Nabo aurait répondu non. C'était la seule chose qu'il faisait après avoir bouchonné les chevaux : aller voir le Noir.

Un samedi, la place du Noir resta vide. Nabo pensa d'abord qu'il ne reviendrait plus se produire dans l'orchestre, mais le pupitre était toujours là. Et précisément pour cette raison, parce que le pupitre était toujours là, il crut que le Noir reviendrait le samedi suivant. Mais le samedi suivant le pupitre avait disparu et le Noir n'était pas revenu.

Nabo se tourna sur le côté et regarda l'homme qui lui parlait. Au début, il ne le reconnut pas car l'obscurité de l'écurie le masquait. L'homme était assis sur une saillie du plancher et parlait en se donnant de petites tapes sur les genoux. « J'ai reçu une ruade de cheval », répéta Nabo en essayant de le reconnaître. « C'est vrai, dit l'homme, mais à présent il n'y a plus de chevaux et dans le chœur nous t'attendons. » Nabo secoua la tête. Il ne parvenait pas à penser. Pourtant, il croyait avoir déjà vu l'homme quelque part. L'homme disait que dans le chœur on attendait Nabo. Nabo ne comprenait pas mais ne trouvait pas ces propos étranges parce que tous les jours il inventait des chansons pour distraire les chevaux pendant qu'il les étrillait. Ensuite, il chantait dans la salle à manger les mêmes chansons qu'il chantait aux chevaux, pour amuser la petite fille muette. Mais elle était dans un autre monde, dans le monde de la salle à manger, les yeux rivés au mur. Si quelqu'un lui avait dit alors qu'on l'engagerait dans un chœur, il n'eût pas été surpris, et à présent il l'était encore moins parce qu'il ne comprenait pas. Il était étourdi, fatigué, ses sens étaient émoussés. « Je veux savoir où sont les chevaux », dit-il. Et l'homme répondit : « Je t'ai déjà dit que les chevaux ne sont pas ici ; nous voulons seulement que se joigne aux nôtres une voix comme la tienne. » A plat ventre dans la paille, Nabo entendait peut-être, mais il ne pouvait distinguer la douleur du fer sur son front d'autres sensations, confuses. Il enfouit sa tête dans la paille et se rendormit.

Nabo était retourné deux ou trois fois sur la place, bien que le Noir ne fît plus partie de l'orchestre. Si Nabo avait demandé ce qui lui était arrivé, quelqu'un lui aurait peut-être répondu. Mais il ne posa pas de questions et continua d'assister aux concerts de musique populaire jusqu'à ce qu'un autre homme, avec un autre saxophone, vînt occuper la place du Noir. Alors Nabo fut convaincu que le Noir ne reviendrait pas et décida que lui non plus ne retournerait pas sur la place. Lorsqu'il se réveilla, il crut qu'il avait très peu dormi. L'odeur de paille humide piquait ses narines. L'endroit était obscur, mais l'homme n'avait pas bougé de son coin et tapotait toujours ses genoux. De sa voix grave et douce, l'homme lui dit : « Nous t'attendons, Nabo. Il y a deux ans que tu dors et que tu ne veux pas te lever. » Nabo referma les yeux, les rouvrit, regarda l'homme un long moment, désorienté, perplexe. Alors seulement il le reconnut.

Si nous avions su ce que faisait Nabo sur la place le samedi soir, nous aurions pensé qu'il n'y était pas retourné parce qu'à la maison il y avait de la musique. Car c'était l'époque où nous avions acheté le gramophone pour distraire la petite. Lorsque dans la journée on avait besoin de quelqu'un pour le remonter, il nous paraissait naturel que ce quelqu'un fût Nabo. Il pouvait le faire lorsqu'il n'avait pas à s'occuper des chevaux. La petite restait assise à écouter les disques. Parfois, lorsqu'elle entendait la musique, elle descendait de son siège et, sans cesser de regarder le mur, se traînait en bavant jusque dans la salle à manger. Alors Nabo soulevait l'aiguille et se mettait à chanter. Au début, quand il était arrivé à la maison, nous lui avions demandé ce qu'il savait faire et il avait répondu qu'il savait chanter. Mais cela n'intéressait personne. A nous, ce qu'il nous fallait, c'était un palefrenier pour bouchonner les chevaux. Nabo était resté et avait continué à chanter, comme si nous l'avions engagé pour ça et que bouchonner les chevaux n'était qu'une distraction qui égayait son travail. Les choses ont duré ainsi plus d'un an, jusqu'au jour où nous avons bien été obligés d'admettre que la petite ne pourrait jamais marcher ni reconnaître personne, et qu'elle resterait à jamais l'enfant morte et esseulée qui écoutait le gramophone en regardant froidement le mur jusqu'à ce que l'un de nous la soulève de son siège et la conduise dans sa chambre. Alors elle cessait de nous faire souffrir. Mais Nabo a continué, attentif et fidèle, à remonter le gramophone. C'était l'époque où il se rendait encore sur la place le samedi soir. Un jour, alors qu'il se trouvait dans l'écurie, quelqu'un a dit « Nabo » près du gramophone. Nous étions dans le couloir et ne prêtions pas l'oreille à ce que quelqu'un aurait pu dire. Mais lorsque nous avons entendu pour la seconde fois « Nabo », nous avons levé la tête et demandé : « Qui est avec la petite? » L'un de nous a dit : « Je suis sûr d'avoir entendu une voix dire " Nabo ". » Mais quand nous sommes allés voir, il n'y avait que la petite, affalée par terre contre le mur.

Ce soir-là, Nabo est revenu plus tôt que d'habitude et est allé se coucher. Le samedi suivant il n'est pas retourné sur la place parce qu'on avait remplacé le Noir, et trois semaines plus tard, un lundi, le gramophone s'est mis en marche alors que Nabo était dans l'écurie. Au début, personne n'y a fait attention. Mais plus tard, lorsque nous avons entendu le petit nègre chanter en jetant l'eau des chevaux nous lui avons demandé : « Par où es-tu sorti? » Il a répondu : « Par la porte. Je suis dans l'écurie depuis midi. – Le gramophone marche. Tu ne l'entends pas? » Et Nabo a répondu qu'il l'entendait. Alors nous lui avons dit : « Qui l'a remonté? » Et lui, haussant les épaules : « La petite. Ça fait longtemps qu'elle le remonte toute seule. »

Les choses ont continué ainsi jusqu'au jour où nous l'avons trouvé à plat ventre dans la paille, enfermé dans l'écurie, la marque d'un fer à cheval imprimée sur le front. Lorsque nous l'avons soulevé par les épaules, Nabo a dit :« Je suis ici parce qu'un cheval m'a donné un coup de pied. » Mais personne ne s'intéressait à ce qu'il pouvait dire. Ce qui nous intéressait c'était ses yeux froids et morts, et sa bouche pleine d'une bave verdâtre. Il a passé toute la nuit à pleurer, brûlant de fièvre, délirant, parlant du peigne qu'il avait perdu dans la paille de l'écurie. Ça, c'était le premier jour. Le lendemain, lorsqu'il a ouvert les yeux et a dit : « J'ai soif », nous lui avons apporté de l'eau. Il l'a bue d'un trait et en a redemandé. Quand nous l'avons interrogé pour savoir comment il se sentait, il a répondu : « Je me sens comme si j'avais reçu un coup de pied de cheval. » Il a continué à parler toute la journée et toute la nuit jusqu'au lendemain matin. Finalement, il s'est assis sur le lit, a montré le plafond du doigt et a dit que le galop des chevaux l'avait empêché de dormir. Pourtant, la fièvre était tombée depuis la veille. Il ne délirait plus mais il a continué à parler jusqu'au moment où nous lui avons attaché un mouchoir devant la bouche. Alors, derrière le mouchoir, Nabo a commencé à chanter, à dire qu'il entendait près de son oreille la respiration des chevaux qui cherchaient de l'eau de l'autre côté de la porte fermée. Lorsque nous avons ôté le mouchoir pour lui faire manger quelque chose, il s'est retourné contre le mur et nous avons tous cru qu'il s'était rendormi. Peut-être même a-t-il dormi un peu. Mais à son réveil, il n'était plus dans son lit. Il avait les pieds et les mains attachés à l'un des piliers de la chambre. Ligoté, Nabo a commencé à chanter.

Lorsque Nabo reconnut l'homme, il lui dit : « Je vous ai déjà vu. » Et l'homme répondit :

« Tous les samedis on pouvait me voir sur la place. – C'est vrai, dit Nabo, moi, je vous voyais mais je croyais que vous ne me voyiez pas. » Et l'homme expliqua : « Je ne t'ai jamais vu, mais lorsque j'ai cessé d'y aller, j'ai eu le sentiment que quelqu'un n'irait plus me voir le samedi. » Nabo ajouta : « Vous n'êtes plus revenu, mais j'ai continué à aller sur la place pendant trois ou quatre semaines. » Et l'homme, sans bouger, en donnant de petits coups sur ses genoux : « Je ne pouvais pas revenir sur la place. Pourtant, c'était la seule chose qui valait la peine. » Nabo tenta de se lever, secoua la tête dans la paille et entendit encore la voix froide et insistante, jusqu'au moment où il se rendormit sans avoir eu le temps de s'en rendre compte. Depuis que le cheval lui avait donné un coup de pied, c'était toujours la même chose. Il entendait toujours la voix : « Nous t'attendons, Nabo. Nous ne savons même plus depuis combien de temps tu dors. »

Quand Nabo s'est mis dans la tête de peigner la queue des chevaux, le Noir avait quitté l'orchestre depuis déjà quatre semaines. Avant, Nabo se contentait de les étriller en chantant. Mais le mercredi il était allé au marché, y avait vu un peigne et s'était dit : « Ce peigne-là, c'est pour peigner la queue des chevaux. » C'est alors qu'un cheval lui a donné un coup de pied et l'a étourdi à jamais. Il y a dix ou quinze ans de cela. A la maison, quelqu'un a dit : « Il aurait mieux fait de mourir ce jour-là plutôt que de rester comme ça toute sa vie, à moitié mort et racontant n'importe quoi. » Personne ne l'a revu depuis le jour où on l'a enfermé. Nous savions qu'il était là, dans le cagibi, et que depuis la petite n'avait plus tourné la manivelle du gramophone. Mais à la maison c'est à peine si on y faisait attention. On l'avait enfermé comme un cheval, comme si le coup de pied lui avait transmis leur stupidité et que sur son front s'était incrustée toute leur bestialité. Alors nous l'avons abandonné entre ses quatre murs, décidés en quelque sorte à le laisser mourir de réclusion parce que nous n'avions pas eu le sang-froid de le tuer autrement. Quatorze ans s'étaient écoulés quand un jour un des enfants, qui avait grandi, a déclaré qu'il voulait le voir et a ouvert la porte.

Nabo regarda l'homme une nouvelle fois. « C'est un cheval qui m'a donné un coup de pied », dit-il. Et l'homme répondit : « Cela fait des siècles que tu dis cela et pendant ce temps, dans le chœur, nous t'attendons toujours. » Nabo secoua une nouvelle fois la tête, enfouit son front blessé dans la paille et crut soudain se rappeler comment les choses s'étaient passées. « C'était la première fois que je peignais la queue d'un cheval », dit-il. L'homme répliqua : « C'est nous qui l'avons voulu, pour que tu puisses venir chanter dans le chœur. » Et Nabo dit : « Je n'aurais pas dû acheter le peigne. – De toute façon, tu l'aurais trouvé, dit l'homme. Nous avions décidé que tu trouverais le peigne et que tu peignerais la queue des chevaux. » Nabo dit : « Je ne m'étais jamais mis derrière un cheval. » Et l'homme, d'un calme imperturbable, sans manifester d'impatience : « Mais tu l'as fait et le cheval t'a donné un coup de pied. C'était la seule façon de te faire venir dans le chœur. »

La conversation, implacable, s'est poursuivie jour après jour, jusqu'à un matin où quelqu'un dans la maison a dit : « Ça fait quinze ans que personne n'ouvre cette porte. » La petite – à plus de trente ans elle n'avait pas grandi et ses paupières commençaient à devenir tristes – était assise face au mur lorsqu'on a ouvert la porte. Elle a tourné la tête de l'autre côté, en reniflant. Et quand nous avons refermé la porte, l'un de nous a dit : « Nabo est calme. Il ne bouge pas. Un de ces jours il mourra et on ne s'en apercevra qu'à l'odeur. » Puis un autre a dit : « On le saura à la nourriture. Il a toujours mangé. Il est bien comme ça, enfermé, sans que personne le dérange. Il y a même de la lumière qui entre par le soupirail. » Et les choses en sont restées là, sauf que la petite a continué de regarder la porte et s'est mise à renifler la moiteur qui sourdait des rainures. Elle est restée ainsi jusqu'au milieu de la nuit, lorsque dans la salle nous avons entendu un bruit métallique qui nous a rappelé celui qu'on entendait quinze ans auparavant quand Nabo remontait le gramophone. Nous nous sommes levés, nous avons allumé la lampe et entendu les premières mesures de la chanson oubliée, la chanson triste qui s'était éteinte jadis avec le disque. Le bruit est devenu de plus en plus fort, puis un coup sec a retenti au moment où nous arrivions dans la salle à manger, et nous avons vu le disque tourner et la petite dans son coin, près du gramophone, qui regardait le mur et tenait dans sa main la manivelle arrachée à la boîte. Nous sommes restés immobiles. La petite n'a pas bougé, calme, droite, les yeux fixés sur le mur, la manivelle à la main. Sans dire un mot nous sommes retournés dans l'autre pièce, nous souvenant que quelqu'un avait dit un jour que la petite savait remonter le gramophone. Nous n'avons pas pu dormir parce que le disque continuait de tourner à cause de la corde cassée.

La veille, en ouvrant la porte, nous avions senti une odeur de déchets biologiques, de cadavre. L'un de nous avait crié : « Nabo! Nabo! », mais de l'intérieur personne n'avait répondu. Près de la porte, l'assiette était vide. Trois fois par jour on la glissait sous la porte et trois fois elle revenait vide. Nous savions à cela que Nabo était vivant. A cela seulement.

Dans le cagibi, Nabo ne bougeait plus, ne chantait plus. Ce fut sans doute après qu'ils eurent fermé la porte qu'il dit à l'homme : « Je ne peux pas aller dans le chœur. » L'homme lui demanda pourquoi et Nabo répondit : « Parce que je n'ai pas de chaussures. » Et l'homme, levant les pieds, dit : « Aucune importance. Ici, personne ne porte de chaussures. » Alors Nabo vit la plante jaune et dure des pieds nus que l'homme lui montrait. « Il y a une éternité que je suis ici, dit l'homme. – Il y a un moment à peine que le cheval m'a donné un coup de pied, dit Nabo. Je vais me passer un peu d'eau sur la figure et je les emmènerai faire un tour. » L'homme dit : « Les chevaux n'ont plus besoin de toi. Il n'y a plus de chevaux. C'est toi qui dois venir avec nous. » Mais Nabo répondit : « Les chevaux devraient être ici. » Il se souleva légèrement, enfouit ses mains dans la paille tandis que l'homme poursuivait : « Personne ne s'occupe plus d'eux depuis quinze ans. » Mais Nabo grattait la terre sous la paille : « Le peigne doit encore être ici. » L'homme répondit : « Cela fait quinze ans que l'écurie est fermée. Maintenant elle est pleine de décombres. » Et Nabo dit : « Des décombres ne s'amoncellent pas en un après-midi. Je ne bougerai pas d'ici tant que je n'aurai pas trouvé le peigne. »

Le lendemain, après qu'ils eurent bloqué la porte, ils entendirent de nouveau, à l'intérieur, un remue-ménage bruyant. Mais personne ne bougea, personne ne broncha lorsque se produisirent les premiers craquements et que la porte commença à céder sous la poussée d'une force démesurée. On percevait, venant de l'intérieur, une sorte de halètement de bête acculée. Enfin, on entendit le claquement des gonds oxydés qui se brisaient tandis que Nabo secouait encore la tête : « Tant que je ne trouverai pas le peigne, je n'irai pas dans le chœur. Il doit être par ici. » Il fouilla la paille, l'écrasa, lacéra la terre, jusqu'au moment où l'homme dit : « C'est bon, Nabo, si tout ce que tu veux pour venir dans le chœur c'est trouver le peigne, va le chercher. » Il se pencha en avant, le visage assombri par une patience hautaine, et dit : « Va, Nabo, je ferai en sorte que personne ne puisse te retenir. »

Alors la porte céda et l'énorme Noir, tel un fauve, sa cicatrice boursouflée lui barrant le front – bien que quinze ans se fussent écoulés – sortit en se cognant aux meubles, en heurtant les objets, les poings levés et menaçants autour desquels était enroulée la corde qui avait servi à l'attacher quinze ans auparavant – lorsqu'il n'était qu'un petit palefrenier noir qui s'occupait des chevaux –, vociféra dans les couloirs après avoir, telle une tornade, poussé la porte d'un coup d'épaule, passa – avant de déboucher dans la cour – près de la petite restée assise qui tenait depuis la veille la manivelle du gramophone à la main – elle, en voyant cette force noire déchaînée, se souvint de quelque chose qui autrefois avait dû être un mot –, se précipita dans la cour à la recherche de l'écurie après avoir, de l'épaule, décroché le miroir de la salle à manger sans voir la petite – ni près du gramophone, ni dans le miroir –, leva son visage vers le soleil, les yeux fermés, aveugle – alors que dans la maison le miroir n'en finissait pas de se briser –, courut sans but comme un cheval à qui on eût bandé les yeux, cherchant instinctivement la porte de l'écurie que quinze ans de claustration avaient effacée de sa mémoire mais non de son instinct – depuis le jour lointain où il avait peigné la queue d'un cheval et en était resté à jamais étourdi –, laissant derrière lui la catastrophe, la dissolution, le chaos, tel un taureau aux yeux bandés dans une pièce aveuglante de lumière, jusqu'au moment où il parvint dans l'arrière-cour – il n'avait pas encore trouvé l'écurie – et se mit à gratter le sol avec la même fureur orageuse qui avait emporté le miroir, pensant peut-être qu'en fouillant l'herbe il retrouverait l'odeur d'urine de jument, arriva devant la porte de l'écurie – plus fort que sa propre force turbulente –, la poussa dans le mauvais sens et s'écroula face contre terre, agonisant peut-être mais encore débordant de cette bestialité féroce qui, une demi-seconde auparavant, l'avait empêché d'entendre la petite, laquelle, le voyant passer, avait brandi la manivelle et s'était souvenue, immobile sur sa chaise, les lèvres serrées, bavant, faisant tournoyer la manivelle du gramophone, du seul mot qu'elle avait appris à dire et qu'elle cria de la salle à manger : « Nabo ! Nabo ! »

L'inconnu qui déplaçait les roses

(1952)

C'est dimanche, il a cessé de pleuvoir et je voudrais aller déposer un bouquet de roses sur ma tombe. Des roses rouges et des blanches, de celles qu'elle cultive pour orner les autels et tresser des couronnes. La matinée lugubre de cet hiver morose et glacial m'a rappelé la colline où les gens du village abandonnent leurs morts. C'est un endroit désert, sans arbres, à peine balayé par des poussières capricieuses qui retombent après le passage du vent. A présent qu'il a cessé de pleuvoir et que le soleil de la mi-journée doit avoir durci la glaise de la colline, je pourrai arriver jusqu'au tertre sous lequel repose mon corps d'enfant aujourd'hui disparu, réduit en cendre, parmi les escargots et les racines.

Elle est prosternée devant les saints, dans une attitude de recueillement, depuis que je me tiens immobile dans la pièce, depuis qu'a échoué ma première tentative de m'approcher de l'autel pour prendre les roses les plus fraîches et les plus éclatantes. Peut-être aujourd'hui y serais-je parvenu, mais la flamme de la lampe a vacillé et, revenue de son extase, elle a levé la tête et regardé l'encoignure où se trouve la chaise. Elle a sans doute pensé : « Le vent, une fois de plus », car en fait quelque chose a grincé près de l'autel et la pièce a un instant ondulé comme si la masse des souvenirs qui y sont figés depuis tant d'années avait bougé. Alors, j'ai compris que je devais attendre une autre occasion pour m'emparer des roses, parce qu'encore en alerte elle regardait la chaise et aurait pu sentir mes mains frôler son visage. Je dois attendre qu'elle quitte la pièce et, comme tous les dimanches, aille, de son pas mesuré, faire sa sieste dans la chambre voisine. Peut-être pourrais-je alors sortir avec les roses et être de retour avant qu'elle ne revienne contempler la chaise.

Dimanche dernier, les choses ont été plus difficiles. J'ai dû attendre presque deux heures avant qu'elle n'entre en extase. Elle semblait inquiète, préoccupée, comme si la tourmentait la certitude que son esseulement avait soudain perdu de son intensité. Elle a longtemps arpenté la pièce avant de poser sur l'autel le bouquet de roses qu'elle tenait à la main. Puis elle est allée dans le couloir, a fait demi-tour et s'est dirigée vers la chambre voisine. Je savais qu'elle cherchait la lampe. Ensuite, quand elle est passée de nouveau devant la porte et que je l'ai vue, vêtue de son tricot noir et de ses bas roses dans la clarté du corridor, elle m'a rappelé la petite fille qui, il y a quarante ans, s'est penchée au-dessus de mon lit, dans cette même pièce, et a dit : « Maintenant qu'on lui a mis les allumettes, il a les yeux grands ouverts. » Elle n'avait pas changé, comme si le temps s'était arrêté depuis ce lointain après-midi d'août où les femmes l'avaient conduite dans la chambre pour lui montrer le cadavre et lui dire : « Pleure. Il était comme ton frère. » Alors, obéissante, encore trempée de pluie, adossée au mur, elle avait pleuré.

Voilà trois ou quatre dimanches que j'essaie d'atteindre les roses mais elle, au pied de l'autel, reste vigilante et les surveille avec une diligence inquiète que je n'avais jamais remarquée depuis vingt ans qu'elle vit dans la maison. Dimanche dernier, j'ai pu faire un bouquet avec les plus belles roses. A aucun moment je n'avais été aussi près de réaliser mon désir. Mais comme je m'apprêtais à regagner ma chaise, j'ai entendu de nouveau ses pas dans le couloir, et j'ai rapidement replacé les fleurs sur l'autel; je l'ai vue alors apparaître dans l'embrasure de la porte, la lampe à la main.

Elle était vêtue de son tricot noir et de ses bas roses, mais sur son visage il y avait comme le rayonnement d'une révélation. Elle ne ressemblait pas à la femme qui cultive depuis vingt ans des roses dans le jardin mais à la petite fille qu'en cet après-midi d'août on avait conduite dans la pièce voisine pour qu'elle se change et qui serait revenue, quarante ans plus tard, vieille et grosse, sa lampe à la main.

Mes chaussures sont encore encroûtées de boue, celle qui recouvrait leurs semelles cet après-midi-là, bien qu'elles aient séché pendant plus de vingt ans près de la cheminée éteinte. Un jour, je suis allé les chercher. C'était après que l'on eut fermé les portes, décroché du seuil le pain et les branches d'agave, et emporté les meubles. Tous les meubles sauf, dans le coin, la chaise qui m'a permis de rester ici tout ce temps. Je savais qu'ils avaient mis les chaussures à sécher et les avaient oubliées en abandonnant la maison. C'est pour cela que je suis allé les chercher.

Elle n'est revenue que longtemps après. Tant d'années s'étaient écoulées que le parfum de musc de la chambre se mêlait à l'odeur de la poussière et au remugle, sec et discret, des insectes. J'étais déjà dans la maison, seul, assis dans le coin. J'attendais. J'avais appris à connaître le frémissement du bois en décomposition, les rumeurs de l'air se raréfiant dans les alcôves fermées. C'est alors qu'elle est arrivée. Elle s'est arrêtée devant la porte, une valise à la main, coiffée d'un chapeau vert et vêtue du même petit tricot de coton qu'elle n'a pas quitté depuis. C'était encore une jeune fille. Elle n'avait pas commencé à grossir et ses chevilles ne gonflaient pas sous ses bas comme à présent. J'étais couvert de poussière et de toiles d'araignée lorsqu'elle a poussé la porte et que le grillon qui avait chanté pendant vingt ans dans la pièce s'est tu. Mais malgré tout, malgré les toiles d'araignée et la poussière, malgré le brusque repentir du grillon et l'âge de la nouvelle venue, j'ai reconnu la petite fille qui, en ce terrible après-midi d'août, m'avait accompagné dans la grange pour débusquer des nids. Telle qu'elle était, debout devant la porte, son chapeau vert et sa valise à la main, elle semblait sur le point de crier, de redire ce qu'elle avait dit lorsqu'on m'avait trouvé à plat ventre dans le foin à l'intérieur de l'étable, encore agrippé au montant de l'échelle cassée. Lorsqu'elle a ouvert toute grande la porte, les gonds ont grincé et la poussière du plafond est tombée par paquets, comme si quelqu'un s'était mis à frapper sur le toit. Devant l'entrée illuminée, elle a hésité et a dit, sur le ton de quelqu'un qui réveille une personne endormie : « Petit, petit. » Alors je suis resté figé sur ma chaise, bien droit, jambes tendues.

Je croyais qu'elle n'était venue que pour voir la chambre mais elle s'est installée. Elle a aéré la pièce et on aurait dit qu'elle avait ouvert une valise d'où se serait échappée cette ancienne odeur de musc. Les autres avaient emporté meubles et vêtements dans des malles. Elle, elle avait emporté les odeurs de la pièce et les rapportait vingt ans plus tard, les remettait à leur place et restaurait le petit autel. Comme avant. Sa seule présence a alors suffi pour faire renaître ce que l'implacable travail du temps avait détruit. Depuis, elle mange et dort dans la chambre voisine, mais passe toutes ses journées dans celle-ci, parlant tout bas avec les saints. L'après-midi, elle coud en attendant qu'on vienne lui acheter des fleurs. Elle se balance toujours en cousant. Et lorsque quelqu'un demande un bouquet de roses, elle garde la monnaie dans le creux du mouchoir qu'elle noue à sa ceinture et dit, invariablement : « Prends celles de droite, celles de gauche sont pour les saints. »

Elle est restée ainsi dans son fauteuil à bascule pendant vingt ans, à coudre des vêtements, à se balancer, à regarder la chaise comme si elle ne veillait pas sur l'enfant dont elle avait partagé les jeux mais sur le petit-fils invalide qui s'était installé là quand sa grand-mère n'avait que cinq ans.

Lorsqu'elle baissera la tête, je pourrai peut-être m'approcher des roses. Si j'y parviens, j'irai sur la colline, je les poserai sur le tertre et retournerai m'asseoir sur la chaise en attendant le jour où elle ne reviendra plus dans la pièce et où cesseront les bruits dans la chambre voisine.

Ce jour-là, tout sera différent car je devrai sortir de la maison et aller prévenir quelqu'un que la dame aux roses, celle qui vit toute seule dans la maison en ruine, a besoin que quatre hommes la conduisent sur la colline. Alors je resterai seul à jamais. Mais elle, en revanche, sera contente. Parce que, ce jour-là, elle saura que ce n'était pas le vent invisible qui tous les dimanches soufflait sur l'autel et déplaçait les roses.

La nuit des butors

(1953)

Nous étions assis tous les trois autour de la table lorsque quelqu'un a introduit une pièce de monnaie dans la fente du Wurlitzer. Le disque, qui avait déjà tourné toute la nuit, est redescendu sur le plateau. Nous n'avions pas eu le temps de nous en apercevoir. C'était arrivé avant que nous n'ayons pu nous rappeler où nous étions, avant même que nous n'ayons retrouvé le sens de l'orientation. L'un de nous a posé la main sur le comptoir, en tâtonnant (nous ne voyions pas sa main, nous l'entendions) a heurté un verre, et s'est immobilisé, les deux mains au repos sur la surface dure. Alors, tous les trois, après nous être cherchés dans l'obscurité, nous nous sommes retrouvés grâce à la présence de nos trente doigts enlacés sur le comptoir. L'un de nous a dit :

« Partons. »

Nous nous sommes levés, comme si rien ne

s'était passé. Nous n'avions pas eu le temps d'être déconcertés.

En débouchant dans le couloir, nous avons entendu la musique, toute proche, à côté de nous, et nous avons respiré l'odeur des femmes qui attendaient, assises, tristes. Nous avons pressenti devant nous le long couloir vide tandis que nous nous dirigions vers la porte, avant que nous reçoive une odeur aigre, celle de la femme assise sur le seuil. Nous avons dit :

« Nous partons. »

La femme n'a pas répondu. Nous avons entendu grincer un fauteuil à bascule au dossier cassé lorsqu'elle s'est levée. Nous avons entendu des pas sur le bois nu puis le retour de la femme quand les gonds ont grincé et que la porte s'est refermée derrière nous. Nous nous sommes retournés. Dans notre dos, à l'endroit même où nous nous trouvions, il y avait un air dur et coupant de petit matin invisible, et une voix qui disait :

« Poussez-vous, laissez-moi passer avec ça. »

Nous avons reculé, mais la voix a insisté :

« Vous êtes toujours devant la porte. »

Alors, après nous être déplacés d'un côté à l'autre sans pour autant cesser d'entendre les protestations de la voix, nous avons dit :

« Nous ne pouvons pas sortir d'ici, les butors nous ont crevé les yeux. »

Ensuite, nous avons entendu plusieurs portes s'ouvrir. L'un de nous a lâché la main des autres et nous l'avons écouté se traîner dans l'ombre, hésitant, trébuchant contre les objets qui nous entouraient. Il a déclaré de quelque recoin des ténèbres :

« On doit être tout près, parce qu'ici ça sent les vieilles malles entassées. »

Nous avons de nouveau senti le contact de ses mains ; nous nous sommes adossés au mur et une autre voix est passée devant nous, mais en sens contraire.

« Ce sont peut-être des cercueils, a dit l'un de nous.

– Ce sont des malles. Tout petit je savais déjà reconnaître l'odeur des vieux vêtements. »

Alors, nous nous sommes dirigés vers l'endroit. Le sol était mou et lisse comme de la terre battue. Quelqu'un a tendu la main. Nous avons senti le contact d'une peau soyeuse et vivifiante, mais de l'autre côté nous ne sentions plus le mur.

« C'est une femme », avons-nous dit.

L'autre, celui qui avait parlé des malles, a dit :

« Je crois qu'elle dort. »

Le corps a frémi sous nos mains ; il a tremblé ; nous l'avons senti s'évaporer, non comme s'il se plaçait hors de notre portée mais comme s'il avait cessé d'exister. Toutefois, après être restés quelques instants silencieux, tendus, serrés les uns contre les autres, nous avons entendu la voix.

« Qui est là ? a-t-elle dit.

– C'est nous », avons-nous répondu sans bouger.

Alors, nous avons perçu des mouvements dans le lit, puis le glissement et le frottement des pieds qui cherchaient les pantoufles dans le noir. Nous avons imaginé la femme qui n'en finissait pas de se réveiller et nous regardait, assise, dans un demi-sommeil.

« Que faites-vous ici ? a-t-elle demandé.

– Nous ne le savons pas, avons-nous répondu. Les butors nous ont crevé les yeux. »

La voix a dit qu'elle avait entendu parler de ça, qu'elle avait lu dans les journaux que trois hommes étaient en train de boire de la bière dans un jardin où il y avait cinq ou six butors. Sept butors. Et qu'un des hommes, voulant les imiter, s'était mis à chanter.

« Le problème, c'est qu'il n'a pas chanté à l'heure juste, a-t-elle poursuivi. Alors les oiseaux ont sauté sur la table et leur ont crevé les yeux. »

Elle a ajouté que personne n'avait cru ce que les journaux disaient. Nous lui avons répondu :

« Si les gens sont allés là-bas, ils ont sûrement vu les butors.

– Ils y sont allés, a-t-elle dit. Le lendemain, le

jardin était plein de monde, mais la femme avait emporté les butors ailleurs. »

Lorsque nous nous sommes retournés, la femme avait cessé de parler. Le mur était de nouveau là. Nous tournions en rond et nous nous retrouvions toujours devant un mur. Nous étions encerclés par les murs. L'un de nous a retiré sa main. Nous l'avons entendu se traîner une nouvelle fois, flairer le sol et dire :

« Maintenant, je ne sais pas où sont passées les malles. Je crois que nous sommes dans une autre pièce.

– Viens ici, avons-nous dit. Il y a quelqu'un près de nous. »

Nous l'avons entendu s'approcher. Nous l'avons senti se relever, tout près de nous, et son haleine a embué nos visages.

« Tends les mains de ce côté-ci, avons-nous suggéré. Il y a quelqu'un qui nous connaît. »

Il a dû tendre la main et se diriger vers l'endroit que nous lui avions indiqué parce qu'un instant plus tard il était de nouveau là pour nous dire :

« Je crois que c'est un garçon. »

Alors nous avons dit :

« C'est bien. Demande-lui s'il nous connaît. »

Il a posé la question et nous avons entendu le garçon répondre :

« Oui, je vous connais. Vous êtes les trois hommes à qui les butors ont crevé les yeux. »

Alors, une voix d'adulte s'est fait entendre. Une voix de femme qui semblait être derrière une porte fermée et qui a lancé :

« Tu parles tout seul? »

La voix enfantine a répondu, sans se troubler :

« Non. Ce sont les hommes à qui les butors ont crevé les yeux qui sont encore là. »

On a entendu un bruit de gonds, puis la voix de l'adulte, plus proche cette fois :

« Raccompagne-les chez eux.

– Je ne sais pas où ils habitent », a dit le garçon.

Et la voix d'adulte a répondu :

« Ne dis pas de mensonges. Tout le monde sait où ils habitent depuis le soir où les butors leur ont crevé les yeux. »

Puis elle a continué à parler sur un autre ton, comme si elle s'adressait à nous.

« En fait, personne n'a voulu le croire et on a dit que c'était une fausse information des journaux pour augmenter leurs ventes. Personne n'a vu les butors.

– Mais vous, vous nous voyez », avons-nous dit.

Et la voix d'adulte a répondu.

« Mais personne ne me croira si je sors dans la rue avec vous. »

Calmes, adossés au mur, nous l'écoutions sans bouger. La femme a ajouté :

« S'il veut vous raccompagner chez vous, c'est différent. Après tout, personne n'attachera d'importance à ce que dit un gamin. »

La voix enfantine l'a interrompue.

« Si je marche dans la rue avec eux et si je dis que ce sont les hommes à qui les butors ont crevé les yeux, les enfants me jetteront des pierres. Tout le monde dit qu'une chose pareille est impossible. »

Il y a eu un instant de silence. La porte s'est refermée et le garçon a repris la parole :

« Et puis je suis en train de lire *Terry et les pirates.* »

Quelqu'un a murmuré à notre oreille :

« Je vais le convaincre. »

Il s'est traîné jusqu'à la voix.

« Ça, c'est bien, a-t-il dit. Au moins raconte-nous ce qui est arrivé à Terry cette semaine. »

Il essaie de gagner sa confiance, avons-nous pensé. Mais le garçon a répondu :

« Je m'en fiche. Ce que j'aime, ce sont les couleurs.

– Terry était dans un labyrinthe, avons-nous dit.

– Ça, c'était vendredi, a répondu le garçon. Aujourd'hui c'est dimanche et moi ce que j'aime, ce sont les couleurs. »

Sa voix était froide, dépourvue de passion, indifférente.

Lorsque l'autre est revenu, nous avons dit :

« Ça fait trois jours que nous sommes perdus et que nous n'avons pas pris un seul instant de repos.

– Bon, a dit l'un de nous. Allons nous reposer un moment, mais sans nous lâcher la main. »

Nous nous sommes assis. Un soleil invisible et tiède a commencé à réchauffer nos épaules. Mais la présence du soleil ne nous intéressait pas. Nous la sentions partout alors que nous avions perdu la notion des distances, de l'heure, de l'orientation. Plusieurs voix sont passées devant nous.

« Les butors nous ont arraché les yeux », avons-nous dit.

L'une des voix a déclaré :

« En voilà qui ont pris les journaux au sérieux. »

Les voix ont disparu et nous sommes restés assis, serrés les uns contre les autres, en attendant qu'au passage d'autres voix, d'autres images, nous parvienne une odeur ou une voix connue. Le soleil continuait de chauffer nos têtes. Alors quelqu'un a dit :

« Retournons vers le mur. »

Les autres, immobiles, la tête levée vers l'invisible clarté, se sont écriés :

« Non, pas encore. Attendons au moins que le soleil commence à brûler nos visages. »

Monologue d'Isabel regardant tomber la pluie sur Macondo

(1955)

L'hiver déferla un dimanche à la sortie de la messe. La nuit avait été suffocante. Pourtant, le dimanche matin, nul ne pensait qu'il pût pleuvoir. Après la messe, avant même que les femmes eussent eu le temps d'ouvrir leurs parapluies, un vent épais et noir se mit à souffler et un énorme tourbillon balaya la poussière et la dure cendre de mai. A côté de moi, quelqu'un dit : « C'est un vent d'eau. » Je le savais déjà, depuis l'instant où nous étions sortis sur le parvis et où une sensation visqueuse m'avait secoué le ventre de frissons. Les hommes coururent vers les maisons voisines, retenant d'une main leur chapeau et agitant de l'autre un mouchoir pour se protéger du vent et de la poussière. Alors il se mit à pleuvoir. Le ciel ne fut plus qu'une substance gélatineuse et grise voltigeant au ras de nos têtes.

Toute la matinée, ma belle-mère et moi demeurâmes assises près de la rampe, contentes de voir la pluie revivifier le romarin et les tubéreuses assoiffées dans les jardinières après sept mois d'été torride et de poussière épaisse. A midi, la réverbération de la terre disparut et une odeur d'humus retourné, de végétation alerte et revigorée se mêla au parfum frais et vif de la pluie sur le romarin. A l'heure du déjeuner, mon père dit : « Mai pluvieux, été délicieux. » Souriante, comme illuminée par le rayonnement de la nouvelle saison, ma belle-mère répondit : « Ça, tu l'as entendu pendant le sermon. » Mon père sourit. Il déjeuna de bon appétit et fit même une sieste joyeuse près de la rampe, silencieux, les yeux clos mais sans dormir, comme pour laisser croire qu'il rêvait éveillé.

La pluie tomba sans discontinuer tout l'après-midi. Dans cette uniformité intense et paisible, on entendait l'eau tomber, avec la monotonie d'un après-midi de voyage en train. Nous ne nous apercevions pas que la pluie s'infiltrait trop profondément dans nos sens. Le lundi, à l'aube, lorsque nous fermâmes la porte afin de nous abriter de la brise coupante et froide qui venait du jardin, nos sens étaient saturés de pluie. Dans la matinée, ils en étaient imbibés. Ma belle-mère et moi contemplâmes de nouveau le jardin. La terre de mai, aride et brune, s'était pendant la nuit transformée en une substance opaque et boueuse pareille à du savon noir. Un filet d'eau commençait à couler entre les jardinières. « J'ai l'impression que cette nuit elles ont eu trop d'eau », dit ma belle-mère. Je remarquai qu'elle ne souriait plus et que sa joie de la veille avait fait place à une gravité languide et triste. « Oui, j'en ai aussi l'impression », dis-je. « Il vaudrait mieux que les péons les rentrent sous la véranda en attendant que le soleil revienne. » Ils le firent tandis que la pluie s'étendait comme un arbre immense au-dessus de nos têtes. Mon père s'assit à la même place que le dimanche après-midi mais ne parla pas de la pluie. Il dit : « J'ai sans doute mal dormi parce que je me suis réveillé avec des douleurs dans le dos. » Et il demeura assis près de la rampe, les pieds sur une chaise et la tête tournée vers le jardin dégarni. Ce n'est qu'à la tombée du jour, après avoir refusé de déjeuner, qu'il déclara : « On dirait que ça ne va plus jamais se lever. » Alors, je me souvins des mois de chaleur. Je me souvins du mois d'août, du marasme des longues siestes, lorsque nous nous étendions pour mourir, accablés par le poids de l'heure, nos vêtements collés à nos corps trempés de sueur, écoutant au-dehors le bourdonnement insistant et sourd du temps suspendu. J'avisai les murs délavés, les joints des boiseries gonflés d'eau. Je vis le jardinet pour la première fois désert et, contre le mur, le jasmin veillant au souvenir de ma mère. Je vis mon père assis dans son rocking-chair, ses vertèbres endolories appuyées contre un coussin, et ses yeux tristes, perdus dans le labyrinthe de la pluie. Je me souvins des nuits d'août et de leur silence enchanté lorsque l'on n'entend que le bruit millénaire de la terre tournant autour de son vieil axe rouillé et grinçant. Alors, je me sentis soudain gagnée par une tristesse accablante.

Il plut toute la journée du lundi comme il avait plu le dimanche. Mais la pluie semblait tomber d'une autre façon parce que je sentais dans mon cœur un poids différent et amer. Le soir, une voix près de moi dit : « Comme cette pluie est ennuyeuse. » Je reconnus, sans avoir besoin de me retourner, la voix de Martín. Je savais qu'il était dans le fauteuil proche du mien avec la même expression indifférente et glaciale qu'en cette sombre matinée de décembre où il était devenu mon époux. Cinq mois s'étaient écoulés depuis. J'attendais un enfant. Et Martín à côté de moi disait que la pluie l'ennuyait. « Elle n'est pas ennuyeuse, dis-je. C'est le jardin vide et ces pauvres arbres qui ne peuvent s'en échapper que je trouve trop tristes. » Puis je me retournai pour le regarder, mais Martín n'était déjà plus là. C'était à peine une voix qui me disait : « Ça ne se lèvera donc jamais » et lorsque je tournai les yeux dans la direction d'où venait la voix, je ne vis qu'une chaise vide.

Le mardi matin, il y avait une vache dans le jardin. Dans son immobilité butée et rebelle, avec ses sabots enfoncés dans la boue et sa tête inclinée, elle ressemblait à un promontoire d'argile. Toute la matinée les péons tentèrent de la faire déguerpir à coups de bâton et de pierres. Mais la vache, imperturbable, restait dans le jardin, inflexible, immuable, les sabots toujours enfoncés dans la boue, son énorme tête humiliée par la pluie. Les péons la tourmentèrent sans trêve jusqu'à ce que la tolérante bienveillance de mon père prît sa défense : « Laissez-la tranquille, dit-il, elle repartira comme elle est venue. »

Au soir du mardi, l'eau nous harcelait et nous faisait aussi mal qu'une déchirure au cœur. La fraîcheur du petit matin commença à se métamorphoser en une humidité chaude et pâteuse. Il ne faisait ni chaud ni froid : la température nous donnait le frisson. Nos pieds transpiraient dans nos chaussures, et on ne savait ce qui était le plus désagréable : la peau nue ou le contact des vêtements. Dans la maison, toute activité avait cessé. Nous étions assis sous la galerie mais nous ne regardions pas la pluie tomber comme le premier jour. Nous ne l'entendions plus. C'est à peine si le contour des arbres dans le brouillard, dans la tristesse de ce crépuscule désolé, laissait sur nos lèvres le goût que laisse au réveil le souvenir d'un inconnu aperçu en rêve. Je savais que nous étions mardi, jour de visite des jumelles de San Jerónimo, deux petites aveugles qui chaque semaine venaient à la maison nous chanter des ritournelles candides que le prodige amer et désemparé de leurs voix rendait tristes. Par-dessus la pluie, j'entendais la chansonnette des jumelles aveugles et les imaginais chez elles, accroupies, attendant une embellie pour sortir chanter. Aujourd'hui, pensai-je, les jumelles ne viendront pas, et la mendiante du mardi se tiendra après la sieste sous la véranda pour quémander son éternelle petite branche de mélisse.

Ce jour-là, nous oubliâmes l'ordre des repas. Ma belle-mère servit à l'heure de la sieste une assiettée de soupe et un morceau de pain rassis. En fait, nous n'avions rien pris depuis le lundi soir et je crois même que nous avions cessé de penser. Nous étions paralysés, comme drogués par la pluie, livrés à l'effondrement de la nature, dans une attitude passive et résignée. Au cours de l'après-midi, seule la vache bougea. Soudain une rumeur profonde secoua ses entrailles et ses sabots s'enfoncèrent avec plus de force encore dans la boue. Puis, pendant une demi-heure, elle demeura immobile, comme si elle était morte mais ne pouvait s'écrouler, par habitude d'être vivante ou de garder sous la pluie la même position, jusqu'au moment où le corps l'emporta sur l'habitude. Alors, elle plia les pattes de devant (sa croupe brillante et noire encore dressée en un ultime sursaut avant l'agonie), plongea dans le bourbier son mufle couvert d'écume, et se laissa entraîner par le poids de sa propre matière en une cérémonie lente, silencieuse et digne, d'effondrement total. « Elle est allée jusqu'au bout », dit quelqu'un derrière moi. Je me retournai et vis, sur le seuil, la mendiante du mardi venue dans la bourrasque réclamer sa branche de mélisse.

Le mercredi, je me serais peut-être habituée à ce climat surprenant si, en entrant dans la salle à manger, je n'avais trouvé les meubles entassés sur la table poussée contre le mur et, de l'autre côté, formant un parapet improvisé durant la nuit, des malles et des caisses contenant les objets du ménage. A ce spectacle, un terrible sentiment de vide me gagna. Quelque chose s'était passé pendant la nuit. La maison était sens dessus dessous, les péons, torse et pieds nus, pantalons retroussés jusqu'aux genoux, transportaient les meubles dans la salle à manger. On remarquait, à leur attitude, à la diligence avec laquelle ils travaillaient sous la pluie, la cruauté de la rébellion frustrée, de leur infériorité inexorable et humiliante. Je me sentis métamorphosée en prairie désolée, ensemencée d'algues, de lichens, de champignons suintants et mous, fécondée par la flore répugnante de l'humidité et des ténèbres. J'étais dans la salle à manger en train de contempler le spectacle des meubles entassés lorsque de la chambre me parvint la voix de ma belle-mère me prévenant que je risquais d'attraper une pneumonie. Alors je me rendis compte que j'avais de l'eau jusqu'aux chevilles, que la maison était inondée et le plancher recouvert d'une épaisse nappe d'eau visqueuse et morte.

Le mercredi midi, le jour ne s'était pas complètement levé et avant trois heures la nuit tombait déjà, prématurée et maladive, au même rythme, lent, monotone et impitoyable, que la pluie dans le jardin. Ce fut un crépuscule hâtif, suave et lugubre, qui s'étendit sur les péons silencieux accroupis sur les chaises, contre les murs, vaincus et impuissants face au dérèglement de la nature. Ce fut alors que des nouvelles nous parvinrent. Personne ne les avait colportées jusqu'à la maison. Elles nous parvenaient tout simplement, précises, les unes après les autres, comme charriées par la boue liquide qui coulait dans les rues et entraînait ustensiles de ménage, biens, objets, épaves d'une catastrophe lointaine, décombres, cadavres d'animaux. Des événements survenus le dimanche, alors que la pluie n'annonçait encore qu'une saison providentielle, ne furent connus de la maisonnée que deux jours plus tard. Les nouvelles nous parvinrent le mercredi, comme poussées par la force de la tempête. On apprit alors que l'église était inondée et que l'on s'attendait à ce qu'elle s'effondrât. Quelqu'un, informé on ne savait comment, déclara le même soir : « Depuis lundi, le train ne peut pas franchir le pont. Il paraît que la rivière a emporté les rails. » Et l'on apprit aussi qu'une femme malade avait été retrouvée l'après-midi même, flottant dans le jardin, après avoir disparu de son lit.

Terrorisée, saisie d'épouvante par le déluge, je m'assis dans le rocking-chair, les jambes repliées et les yeux perdus dans l'obscurité humide et hantée de pressentiments confus. Ma belle-mère apparut soudain dans l'embrasure de la porte, une lampe à la main, la tête droite. On eût dit un fantôme familier dont la vision ne m'effrayait nullement car je participais moi-même de sa condition surnaturelle. Elle s'approcha de moi. La tête droite et la lampe à hauteur des yeux, elle pataugeait dans l'eau du couloir. « Il faut prier », dit-elle. Je vis son visage desséché et ridé, comme si elle se fût échappée d'un tombeau ou eût été faite d'une matière autre que la matière humaine. Debout devant moi, un chapelet à la main, elle dit : « Il faut prier. L'eau a éventré les tombes et nos pauvres morts flottent dans le cimetière. »

Cette nuit-là, je m'étais assoupie lorsqu'une odeur aigre et pénétrante, semblable à celle des corps en décomposition, me réveilla en sursaut. Je secouai avec force Martín qui dormait à mon côté. « Tu ne sens pas ? » lui dis-je. Il me demanda : « Quoi ? – L'odeur. Ce sont sans doute les morts qui flottent dans la rue. » J'étais terrorisée à cette seule idée, mais Martín se tourna vers le mur et dit d'une voix rauque et ensommeillée : « Ne dis pas de sottises. Les femmes enceintes ont toujours des idées bizarres. »

Le jeudi, au lever du jour, les odeurs se dissipèrent mais nous perdîmes la notion des distances. Celle du temps, bouleversée depuis la veille, avait complètement disparu. Il n'y eut pas de jeudi. Ce qui aurait dû l'être n'était qu'une masse physique et gélatineuse que l'on aurait pu fendre des deux mains pour voir apparaître le vendredi. Hommes et femmes étaient inexistants. Ma belle-mère, mon père, les péons se résumèrent à des corps adipeux et vagues qui s'agitaient dans le marécage de l'hiver. « Ne bougez pas d'ici jusqu'à ce que je vous aie dit ce qu'il faut faire », ordonna mon père d'une voix lointaine et indirecte que l'on ne semblait pas entendre mais palper, car le toucher était le seul de nos sens qui demeurât en éveil.

Mon père ne revint pas : il s'égara dans le temps. Lorsque tomba la nuit, j'appelai ma belle-mère pour lui demander de me conduire jusqu'à ma chambre. Je dormis d'un sommeil pacifique et serein qui dura jusqu'au matin. Le lendemain, l'atmosphère n'avait pas changé : blême, fade, ni chaude ni froide. Les yeux à peine ouverts, je bondis sur une chaise et demeurai immobile car une région de ma conscience m'indiquait que je n'étais pas tout à fait éveillée. Ensuite, j'entendis le sifflet du train. Le sifflet long et triste du train fuyant la tramontane. « Il doit y avoir une éclaircie quelque part », me dis-je, en même temps qu'une voix dans mon dos sembla faire écho à ma pensée : « Où ça... ? » dit-elle. « Qui est là ? » demandai-je en regardant autour de moi. Je vis ma belle-mère, son long bras maigre désignant le mur. « C'est moi », répondit-elle. « Tu entends ? » dis-je. Et elle répondit qu'il devait effectivement y avoir une accalmie non loin d'ici et qu'on avait dû réparer les voies. Puis elle me tendit un plateau où se trouvait un petit déjeuner fumant qui sentait l'ail et le beurre fondu. C'était une assiette de soupe.

Déconcertée, je lui demandai l'heure. Alors, très calme, d'une voix où perçait une fatigue résignée, elle me dit : « Il doit être environ deux heures et demie. Et le train est tout de même à l'heure. – Deux heures et demie ! m'écriai-je. Comment ai-je pu dormir autant ! » Elle dit : « Tu n'as pas beaucoup dormi. Il est à peine trois heures. » Et moi, tremblante, sentant l'assiette me glisser des mains : « Deux heures et demie et nous sommes vendredi... » Et elle, monstrueusement tranquille : « Jeudi, ma fille. Il est deux heures et demie et nous sommes encore jeudi. »

Je ne sais combien de temps je demeurai plongée dans ce somnambulisme qui ôte aux sens leur raison d'être. Je sais seulement qu'après un nombre d'heures incalculable j'entendis une voix dans la pièce voisine. Une voix qui disait : « Maintenant tu peux pousser le lit de ce côté. » C'était une voix lasse, non pas celle d'un malade mais d'un convalescent. Puis j'entendis le bruit des briques dans l'eau. Je demeurai sans bouger avant de me rendre compte que je me trouvais en position horizontale. Alors je perçus le vide immense. Je perçus le silence violent et trépidant de la maison, l'incroyable immobilité qui affectait toute chose. Puis je sentis soudain que mon cœur était devenu une pierre gelée. « Je suis morte, pensai-je. Mon Dieu, je suis morte. » Je fis un bond dans mon lit et criait : « Ada! Ada! » La voix affolée de Martín me répondit, de l'autre côté : « Ils ne peuvent pas t'entendre parce qu'ils sont dehors. » Alors je compris que le temps s'était éclairci et qu'autour de nous régnaient un silence, une paix, une béatitude profonde et mystérieuse, un état de perfection qui devait ressembler à la mort. Puis on entendit des pas sous la véranda. On entendit une voix claire et bien vivante. Une brise fraîche secoua le battant de la porte, fit grincer la serrure, et un corps solide et fugace, tel un fruit mûr, tomba dans le puits profond du jardin. Quelque chose dans l'air dénonçait une présence invisible, souriant dans l'obscurité. « Mon Dieu, pensai-je alors, troublée par le dérèglement du temps. Ça ne m'étonnerait pas que l'on m'appelle pour assister à la messe de dimanche dernier. »

TABLE

Dans la collection Les Cahiers Rouges

Joseph d'Arbaud	*La bête du Vaccarès*
Marguerite Audoux	*Marie-Claire*
Marguerite Audoux	*L'Atelier de Marie-Claire*
Marcel Aymé	*Clérambard*
Béatrix Beck	*La Décharge*
Béatrix Beck	*Josée dite Nancy*
Julien Benda	*La Trahison des clercs*
Emmanuel Berl	*Rachel et autres grâces*
Princesse Bibesco	*Catherine-Paris*
Ambrose Bierce	*Histoires impossibles*
Ambrose Bierce	*Morts violentes*
André Breton, Lise Deharme, Julien Gracq, Jean Tardieu	*Farouche à quatre feuilles*
Charles Bukowski	*L'amour est un chien de l'enfer t. 1*
Charles Bukowski	*L'amour est un chien de l'enfer t. 2*
Charles Bukowski	*Le Postier*
Erskine Caldwell	*Une lampe, le soir...*
Blaise Cendrars	*Moravagine*
Blaise Cendrars	*Rhum*
Blaise Cendrars	*La Vie dangereuse*
André Chamson	*L'Auberge de l'abîme*
Jacques Chardonne	*Claire*
Jacques Chardonne	*Lettres à Roger Nimier*
Jacques Chardonne	*Les Varais*
Jacques Chardonne	*Vivre à Madère*
Alphonse de Châteaubriant	*La Brière*

Bruce Chatwin	*En Patagonie*
Hugo Claus	*La Chasse aux canards*
Jean Cocteau	*La Corrida du Premier Mai*
Jean Cocteau	*Les Enfants terribles*
Jean Cocteau	*Journal d'un inconnu*
Jean Cocteau	*Lettre aux Américains*
Jean Cocteau	*Portraits-Souvenir*
Vincent Consolo	*Le Sourire du marin inconnu*
Salvador Dali	*Les Cocus du viel art moderne*
Léon Daudet	*Les Morticoles*
Joseph Delteil	*Choléra*
Joseph Delteil	*Les Poilus*
Joseph Delteil	*Sur le fleuve Amour*
André Dhôtel	*Le Ciel du faubourg*
Ferreira de Castro	*Forêt vierge*
Gabriel García Márquez	*Les Funérailles de la Grande Mémé*
Gabriel García Márquez	*L'incroyable et Triste Histoire de la candide Erendira*
Gabriel García Márquez	*Pas de lettre pour le colonel*
Gabriel García Márquez	*Des feuilles dans la bourrasque*
Gabriel García Márquez	*Des yeux de chien bleu*
Gabriel García Márquez	*La Mala Hora*
Maurice Genevoix	*La Boîte à pêche*
Jean Giono	*Mort d'un personnage*
Jean Giono	*Naissance de l'Odyssée*
Jean Giraudoux	*Bella*
Jean Giraudoux	*Siegfried et le Limousin*
Ernst Glaeser	*Le Dernier Civil*
Jean Guéhenno	*Changer la vie*
Louis Guilloux	*Dossier confidentiel*
Louis Guilloux	*La Maison du peuple*
Kléber Haedens	*Adios*
Kléber Haedens	*L'été finit sous les tilleuls*
Kléber Haedens	*Une histoire de la littérature française*
Knut Hamsun	*Vagabonds*
Joseph Heller	*Catch 22*
Louis Hémon	*Battling Malone pugiliste*
Louis Hémon	*Monsieur Ripois et la Némésis*
Hermann Hesse	*Siddartha*
Panaït Istrati	*Les Chardons du Baragan*
Pascal Jardin	*La Guerre à neuf ans*
Franz Kafka	*Tentation au village*
Jacques Laurent	*Le Petit Canard*
Paul Léautaud	*Bestiaire*
Le Golif	*Cahiers de Le Golif, dit Borgnefesse*
G. Lenotre	*La Révolution par ceux qui l'ont vue*
G. Lenotre	*Sous le bonnet rouge*

Primo Levi	*La Trêve*
Suzanne Lilar	*Le Couple*
Pierre Mac Orlan	*Marguerite de la nuit*
Vladimir Maïakovski	*Théâtre*
Norman Mailer	*Pourquoi sommes-nous au Vietnam?*
Norman Mailer	*Un rêve américain*
André Malraux	*La Tentation de l'Occident*
Heinrich Mann	*Professeur Unrat (l'Ange bleu)*
Thomas Mann	*Altesse royale*
Thomas Mann	*Sang réservé*
François Mauriac	*Les Anges noirs*
François Mauriac	*La Pharisienne*
Paul Morand	*Air indien*
Paul Morand	*Bouddha vivant*
Paul Morand	*Champions du monde*
Paul Morand	*L'Europe galante*
Paul Morand	*Lewis et Irène*
Paul Morand	*Magie noire*
Vladimir Nabokov	*Chambre obscure*
Irène Némirovsky	*L'Affaire Courilof*
Irène Némirovsky	*Le Bal*
Irène Némirovsky	*David Golder*
Irène Némirovsky	*Les Mouches d'automne*
Paul Nizan	*Antoine Bloyé*
François Nourissier	*Un petit bourgeois*
René de Obaldia	*Le Centenaire*
Joseph Peyré	*L'Escadron blanc*
Joseph Peyré	*Sang et Lumières*
Charles-Louis Philippe	*Bubu de Montparnasse*
André Pieyre de Mandiargues	*Feu de braise*
André Pieyre de Mandiargues	*Le Belvédère*
André Pieyre de Mandiargues	*Deuxième Belvédère*
Henry Poulaille	*Le Pain quotidien*
John Cowper Powys	*Camp retranché*
Charles-Ferdinand Ramuz	*Aline*
Charles-Ferdinand Ramuz	*Derborence*
Charles-Ferdinand Ramuz	*La Grande Peur dans la montagne*
Jean-François Revel	*Sur Proust*
André de Richaud	*La Barette rouge*
André de Richaud	*La Douleur*
André de Richaud	*L'Étrange visiteur*
Rainer-Maria Rilke	*Lettres à un jeune poète*
Marthe Robert	*L'Ancien et le Nouveau*
Mark Rutherford	*L'Autobiographie de Mark Rutherford*
Maurice Sachs	*Au temps du Bœuf sur le toit*

Leonardo Sciascia	*L'affaire Moro*
Leonardo Sciascia	*Du côté des infidèles*
Leonardo Sciascia	*Pirandello et la Sicile*
Friedrich Sieburg	*Dieu est-il français?*
Victor Serge	*S'il est minuit dans le siècle*
Ignazio Silone	*Une poignée de mûres*
Philippe Soupault	*Poèmes et Poésies*
André Suarès	*Vues sur l'Europe*
Roger Vailland	*Éloge du cardinal de Bernis*
Vincent Van Gogh	*Lettres à son frère Théo*
Mary Webb	*Sarn*
Kenneth White	*Lettres de Gourgounel*
Walt Whitman	*Feuilles d'herbe*
Zola, Maupassant, Huysmans, Céard, Hennique, Alexis	*Les Soirées de médan*
Stefan Zweig	*Brûlant Secret*
Stefan Zweig	*Le Chandelier enterré*
Stefan Zweig	*Érasme*
Stefan Zweig	*La Peur*
Stefan Zweig	*La Pitié dangereuse*

Cet ouvrage a été réalisé par la
SOCIÉTÉ NOUVELLE FIRMIN-DIDOT
Mesnil-sur-l'Estrée
pour le compte des Éditions Grasset
en février 1991

Imprimé en France
Dépôt légal : mars 1991
N° d'édition : 8439 - N° d'impression : 16656
ISBN : 2-246-31451-8
ISSN : 0756-7170